ハミルトン
エリク・テルセロナ

コリンヌ
ソフィ
ヒストリカ・エルランド

「おやすみヒストリカ」

氷の令嬢ヒストリカが幸せになるまで 1

婚約破棄された令嬢が
不健康な公爵様のお世話をしたら、
なぜか溺愛されるように
なりました

Author
青季ふゆ
Illustration
あいるむ

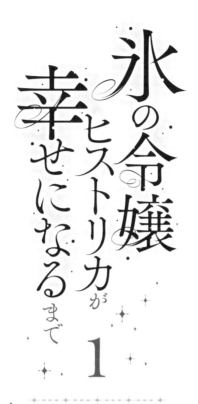

CONTENTS

1

It is the Story of Historica,
the Daughter of a Viscountess Known as
"The Ice Daughter,"Who Finds Happiness.

プロローグ

「ヒストリカ・エルランド！　君との婚約を破棄させてもらう！」

ホールのとある一角で、男の声が響き渡る。

決して小さくない声に、参加者の面々が談笑を控え始めた。

金箔《きんぱく》がびっしりとちりばめられた壁に、思わず目を細めてしまうほど眩《まばゆ》いシャンデリア。

今宵《こよい》、王都の一等地にあるホールはその内装の豪華さもさることながら、参加している人々の服装も一級品のものばかりでヒーデル王国の栄華を象徴する煌《きら》びやかさだった。

道楽家で知られるローレライ侯爵家。

その女主人の主催で開かれた夜会は、爵位や経験の差からなかなか上位貴族と関係を持つことが出来ない若者のためにという趣旨もあって、全体的に二十代の若者が多い。

もちろん、侯爵家と繫《つな》がりのある上位貴族の面々も多く招待されているため、この夜会をきっかけにお近づきになろうと様々な駆け引きが行われていた。

そんな中で突如響いた男の大声。

ゴシップネタに敏感な年頃の男女の興味関心は、フリルがたっぷり踊るドレスを着た令嬢と身なりの良い貴公子、そしてその真向かいで冷めた表情を浮かべる令嬢に注がれた。

「おいおい、あれって……『氷《こおり》の令嬢』か？」

「ああ、誰も笑ったところを見たことがないっていう……もう一人は……」

ヒソヒソ声が飛び交う中。

「一応ですが、理由をお聞きしても？」

冷めた表情を浮かべる令嬢――エルランド子爵家の一人娘、ヒストリカが尋ねる。

背中まで伸ばした長髪は触れると冷たそうな白銀色。

端整な顔立ちは美人と評するにふさわしく、吸い込まれそうなほど澄んだブルーの瞳が特徴的だ。

すらりとした体軀《たいく》を包むアクアブルーのドレスは、子爵家の令嬢という立場も考慮して装飾が控えめなものだった。

「ふんっ、何をわかりきったことを」

長めの金髪に濃いエメラルドの瞳。目鼻立ちが整った顔立ちは確かに見栄え良く、ヒストリカとの婚約前は何人もの令嬢に言い寄られていたほど。

「俺の婚約者に、お前はふさわしくないからだ」

貴公子――ガロスター伯爵家のハリーは鼻を鳴らし言い放つ。

「お前は貴族学校での成績は常にトップで、首席の座もかっさらって卒業。聞けば、今は実家の領地の運営までこなしているようではないか」

「えっと……それが何か問題でも？」

「女のくせに出しゃばり過ぎなんだよ、お前は！」

表情を変えずに言うヒストリカに、ハリーの額の青筋が音を立てた。

「貴族学校時代からそうだった！　人を見下したような態度、見透かしたような目……女の分際で男よりも成果を出しやがって、可愛《かわい》げなんざ欠片《かけら》もあったもんじゃない！　もう、我慢の限界なんだよ！」

顔を真っ赤にし怒鳴り散らすハリー。ハリーよりも位の高い侯爵家主催のパーティで、感情を露《あら》わにし喚《わめ》くなど失礼極まりない行為のはずだが、本人はお構い無しのようだった。

ハリーとは対照的に、ヒストリカは表情を無のまま落ち着いた調子で尋ねる。

「ようするに……わたくしとハリー様との間にある能力の差が、身分の差に即していない事にお怒りなのでしょうか？」

「なっ……」

純粋な疑問を投げかけたつもりのヒストリカだったが、結果的にハリーがカチンとくるような言い回しになってしまった。

「わたくしはハリー様のお役に立ちたいと思い努力いたしましたが、それがハリー様のお怒りを買ってしまった、と」

「きさっ……!!」

ヒストリカの悪意無き事実確認に対し、おおよそ婚約者に対し投げかけるべきではない呼称をハリーはすんでのところで飲み込んだ。お互い十七で婚約を交わし、今は十九。

ヒストリカとの付き合いもそれなりに長いため、ここでは堪《こら》えることが出来た。

落ち着け、彼女はこういう人間だと、自分に言い聞かせるハリー。

「ああ、そうだ、その通りだ」

深呼吸をして、ぴくぴくと頬をひくつかせながらハリーは言う。

「確かにお前の能力は高い、優秀だ。それは認めよう。だが、それ故にもう我慢が出来ない。誉高きガロスター伯爵家の主人よりも、子爵家出身の夫人の方が優秀だなんて……あってはいけないんだ」

（それは……自己研鑽《じこけんさん》を怠ったハリー様に非があるのでは？）

そう口にしたらハリーの更なる激昂《げきこう》を生みそうなので飲み込んだ。ヒストリカも、今宵、せっかく夜会を開いてくれたローレライ侯爵家に、これ以上迷惑をかけてしまうのは本意ではなかった。

（もう遅い気がするけど……）

ざわざわひそひそと、一連の騒動を遠巻きに眺める紳士令嬢たちの視線が突き刺さる。

あまりにも身勝手な婚約者の振る舞いに、ヒストリカは思わずため息をついた、心の中で。

……とはいえ、ハリーの言い分はここ、ヒーデル王国内においては肯定的に受け取られる理屈ではあった。

ヒーデル王国は男尊女卑の風潮が異様に強い。

淑女は紳士の二歩後ろに下がって控えめにといった具合に。

そういった観点からすると、確かにヒストリカの振る舞いはハリーの顔に泥を塗り過ぎた。

家の教育方針とはいえ、その点はヒストリカにも非が多少は、いや、少し、ううん、スプーンの匙《さじ》いっぱいくらいはない事もないかもしれない。

（……やはり、どう考えてもハリー様の怠惰が原因のような……）

婚約を交わす前。貴族学校時代はテスト勉強もロクに取り組まず連日遊び呆《ほう》け、幾人もの女性に手を出していたハリー。毎日、真面目にコツコツと勉学に励んでいたヒストリカからすると、差がつくのは当たり前という認識だった。

「ふん、何も言い返せないか。当然の事だな」

ハリーが鼻を鳴らす。

（呆《あき》れて何も言えないだけだけど……）

ヒストリカはそっとため息をついた。

「それに比べて、アンナ。君はなんて素晴らしいんだ」

ヒストリカに向けていた声に比べると、十段階ほど優しくなった声。

ハリーはそばに控える女性——ふわっとした桃色のカールヘア、お人形さんのようにあどけない顔立ち、オレンジ色のゆるふわドレスを着た——アンナの腰を抱き甘い声で言う。

「睡蓮《すいれん》のように佇《たたず》み、蝶《ちょう》のように舞う可憐《かれん》な君こそ、俺の婚約者にふさわしい」

「ああん、ハリー様。いけません、皆さんが見ておりますわ」

「構わないさ。今日は俺たちの晴れ舞台なんだから」

（どう見ても醜態を晒《さら》しているのですがそれは……）

演劇のクライマックスもかくやといった甘く熱い空間を演出する二人とは対照的に、ヒストリカの内心では極寒の吹雪が吹き荒れていた。

「お楽しみのところ申し訳ないのですが……そちらはトルー男爵家のご令嬢、アンナ様と見受けられますが、あっておりますでしょうか？」

ヒストリカが尋ねると、アンナは得意げな笑みを浮かべて言う。

「堅苦しいですわ、ヒストリカ様。元クラスメイトなのですから、もうちょっと砕けてもよろしくてよ？」

「口頭による事実確認は重要ですので。あと、お二人とももう少し公の場での振る舞い方を……まあ良いです」

とうとう諦めたようにため息をついた後、返答を予想しつつヒストリカは問いかける。

「つまりハリー様は……わたくしという婚約者がいながら、アンナ様と懇意にされていたという事ですか？」

「順番が逆だ。婚約は先ほど破棄しただろう。俺とアンナはたった今、正式に愛を誓い合った。それだけの事だ」

「婚約は両家で交わされた大事な契約です。そう簡単に反故《ほご》に出来るものでは……」

「細かい事は良いんだ！　俺の家は伯爵家で、君の家は子爵……それも君の家柄じゃ、どうとでもなる。賢い君ならわかるだろう？」

ニヤニヤと意地悪く笑うハリー。そんな彼に抱かれるアンナは今までの猫を被《かぶ》った庇護欲《ひごよく》をそそる笑顔はどこへやら、口角を吊《つ》り上げ勝ち誇った笑みを浮かべていた。

（はあ……）

もはやかける言葉すら見当たらないヒストリカ。

言い返せないわけではないが、もう、どうでも良くなっていた。

この期に及んでハリーとの関係を修復したい気は微塵《みじん》もなかった。

再び沈黙するヒストリカに、ハリーは勝者の笑みを浮かべて言う。

「どうだ、悔しいだろう？」

「いえ、別に」

「……は？」

強がりではなく、心の底からなんとも思っていない表情で、ヒストリカは言う。

「ちょうどわたくしも、今のハリー様との関係に思うところがございましたので、良い機会かと。ただ、形式とはいえ貴族間の契約を一方的に破棄した事に関しては後日、エルランド家から抗議と慰謝料請求の文が届くかと存じますので、その点はご留意いただけますと幸いです」

そう締めくくって、ヒストリカは深々と頭を下げた。

ハリーは顔を真っ赤にする。大勢の前でこっぴどく婚約を破棄。

しかも同級生の令嬢に奪われたという事実を突きつけ、ヒストリカの鉄仮面を崩し悔しがらせてやろうという魂胆だったようだが、当の本人には全くのノーダメージな様子。

「最後まで可愛げのないやつだな、お前は!!」

悔しさを露わにしてとうとう声を荒らげるハリーだが、ヒストリカは反応しない。

ただでさえ騒動を起こしてしまっているのだ。

これ以上この場に留《とど》まるのはよろしくない。というか、いたくない。

「末長くお幸せに。それでは」

最後にそれだけ言葉にして、ヒストリカは身を翻す。

ついにヒストリカが感情を表情に出す事はなかった。

「お前のそういうところが気に食わなかったのだ!!」

後ろから聞こえる元婚約者の喚き声を受け流して、ヒストリカは足早にその場を立ち去る。その途中、すれ違った人々にヒストリカは軽く頭を下げて回った。

そんな彼女の背中には、一連の騒動を目にしていた者たちがヒソヒソと囁《ささや》く声が掛けられていた。

第一章　出逢い

「はあ……」

賑《にぎ》やかなホールから離れた、人気《ひとけ》のないバルコニー。

手すりにもたれかかり、王都の煌《きら》びやかな街並みを眺めながらヒストリカは息をつく。

ホールでは毅然《きぜん》とした態度を貫き切ったが、流石《さすが》に疲弊していた。バルコニーの入り口についていた使用人がヒストリカを見るなり「しばらく外しますので、ごゆっくり」とそそくさと立ち去るほど、今の自分はどんよりとしたオーラを纏《まと》ってしまっているのだろう。

「疲れたわね……」

ぽつりと、本音が漏れ出る。

そもそも生粋のインドア派で一日のほとんどの時間を一人で過ごすヒストリカにとって、何十人もの人々に注目されるという状況はそれなりのストレスを被った。

しかし、結果的に選択は間違っていなかったとヒストリカは思った。

侯爵家の夜会で伯爵家の令息が婚約破棄を叩《たた》きつける。

そんな、両家にとって大きな不利益になる行動を起こされた以上、こっちが冷静に対処しなければより大事になっていたかもしれない。

反論は極力抑え事実確認のみをし、さっさと切り上げた事で間接的に元婚約者を救った形になるが、彼がその事実に気づく事も認める事もないだろう。

「数ある可能性の一つが現実になった、か……」

正直、近々このような事態が起こることは薄々予感していた。

ここ最近のハリーの自分に対する扱いや、距離感を鑑みればわかる。

婚約当初は頻繁に届いていた手紙は最後にいつ来たかもう思い出せないし、そもそも今日の夜会が久しぶりの顔合わせだった。

ヒストリカが実家の領地をうまく経営していることも人伝《ひとづて》で聞いたというあたり、ハリーのヒストリカに対する興味の薄さが窺《うかが》える。

加えてハリーが自分ではない別の令嬢と一緒にいたというのを風の噂《うわさ》で耳にしているとなると、思考が現実的になるのも無理はない。

そもそもハリーの貞操観念の軽さは、貴族学校時代の振る舞いから把握している。先ほどはたった今愛を誓い合ったなぞと抜かしていたが、もうずっと前から二人は繋《つな》がっていたのだろう。心も、身体《からだ》も。まあ、つまり、そういう事なのだ。

「はあ……」

社交界の中では『氷の令嬢』だの『笑みなき鉄仮面』だのと散々言われるほどには、ヒストリカの心は強い自覚はあったが……多少は傷ついていた。

ハリーとの婚約は、元々両家の当主が決めた政略に近い形で結ばれたものだ。

だから、ハリーの事を心の底から愛していたかといえば、疑問符がつく。

しかしそれでも、そこそこ愛着はあった。

今は良き婚約者として、結婚後は良き妻として尽力しようという気概もあった。

スキンシップといえば公の場で手を繋いだくらいで、ハグもキスもした事ないけれど。

婚約当初はたくさん来ていた手紙も少なくなって、会う頻度も低くなって、ハリーとの距離が少しずつ遠くなっていく実感はあったけど。

それでも、心のどこかで信じていたところはあった。

だからこそ、胸の奥が擦れるように痛いのだろう。

「何が、いけなかったのでしょう……」

呟《つぶや》いてみたものの、聡《さと》いヒストリカがわからないわけではない。

ハリーは言った。優秀すぎる事が、人を見下したような態度が、見透かしたような目が、女のくせに男よりも成果を出すところが気に食わないと。

しかしそれらの点は否定されてしまうとどうしようもないというのがヒストリカの所感だった。

ヒストリカの優秀さは、両親の教育方針に起因する。

ハリーも言及していたが、ヒストリカの家柄は少々複雑だ。もともとエルランド子爵家は、高祖父の代に起こった戦争で隣国からここヒーデル王国に亡命してきた経緯を持つ。

隣国では侯爵レベルの爵位を持っていたらしい。

しかし他国の、それも戦争をしていた国の身分と同等の爵位を授かれるわけもなく、亡命の際に持ち込んだ莫大《ばくだい》な財産を献上しなんとか子爵の地位を手にする事が出来たらしい。

（未《いま》だ隣国とは冷戦状態ではあるものの）戦争が終わり平和な世になって時が経《た》ち、ひ孫の世代となってヒストリカは誕生した。

両親がなかなか子宝に恵まれず一人娘となったヒストリカは、爵位と家柄の低さを補うためだと両親からあらゆるスパルタ教育を施された。

優秀な家庭教師を付けられ、書庫にあったたくさんの本を読まされ、日々「勉学と自己研鑽《じこけんさん》によってお前の幸せは切り開かれるのだ」と言い聞かせられた。

結果が振るわなかった時は理不尽な罵詈雑言《ばりぞうごん》にさらされ、半ば洗脳にも近い形でヒストリカの勉学に対する意識は向上していた。

生まれつきの能力も高く、真面目な性分であったヒストリカはそういった両親の教育方針を受け止め、期待以上の成果を出し続ける事に成功する。

かと言って手放しで褒められるわけではなかった。

「成果に驕《おご》る事なく、更なる高みを目指せ」と戒めを受け続けた故に、（自分はまだまだよ……）と自分に言い聞かせ更なる研磨に励んだ。

結果、同世代の誰よりも優秀な頭脳を持つまでに至ったのは言うまでもない。

しかし時期が悪かった。ヒーデル王国では昔から男尊女卑の思想が強い国柄だったが、ここ数年でその風潮が激化してしまっていた。

もともと男性が活躍していた仕事に女性が進出し始めた事を快く思わない一部の権力層が、積極的に女性を排斥する方向に活動をした事が原因であった。結果、ヒストリカの持ち前の優秀さと弛《たゆ》まぬ努力によって得た全てが仇《あだ》となってしまったのである。

なんとも皮肉な話であった。休む間もなく日々の修練を続けた結果、輝かしい成果と引き換えにヒストリカからは感情の起伏と表情の変化が欠落した。

令嬢らしからぬ合理・効率主義。

感情ではなく理性を重視したその振る舞いに、可愛《かわい》げがないと言われてしまうのは仕方がない。

ヒストリカとは対照的に、蝶《ちょう》よ花《はな》よと育てられ振る舞いも可愛らしく、いつも周りに笑顔を振りまくアンナの方が選ばれるのは、当然の結末といえよう。

「…………」

頭の中を整理していると、段々と胸の痛みは収まってきた。

並の令嬢なら三日三晩枕を濡《ぬ》らしそうな出来事であったにも拘《かか》わらず、ヒストリカの頭は冷めていた。此度《こたび》の婚約破棄の理由は一つに集約されてしまう。

自分とハリーとの相性が良くなかった。

ただそれだけ。考えると気が重いのは、家に帰れば婚約破棄を知った両親から過剰な怒りをぶつけられ平手打ちされる事が目に見えていることくらいか。

しかしそれはもう、慣れっこだ。

「もう、どうでも良いことね」

ハリーの事を考える時間も勿体《もったい》ない。

考えるべきは、これからどうするか。あれだけ多くの貴族の前でこっぴどく婚約破棄をされては、もう自分の貰《もら》い手《て》はいないも同然だろう。

立場や外聞を気にする貴族たちは、ただでさえ元々の評判が微妙だった上、公の場で傷物認定された令嬢を貰いたいとは思わない。

明日からの社交界での話題はきっと、一連の騒動に違いない。侯爵家での夜会で堂々とマナー違反を犯したハリーに非がある分、まだ救いがあるかもしれないが。

なんにせよ、今考えていても仕方がない事だった。

「……戻りましょうか」

いつまでもここに居座るわけにもいかない。

重い身体を引き摺《ず》って、ホールに戻ろうとした時。

「そこに……誰か、いるのか？」

夜闇に溶けるような低い声が、ヒストリカの鼓膜を震わせた。

反射的にヒストリカは振り向く。

「……っ」

視線の先にいた男の風貌に、ヒストリカは思わず息を呑《の》んだ。

まずはその異様な存在感。背中が曲がっているため正確にはわからないが、女性の平均より高めのヒストリカよりも、頭一つ分は背が高く見える。

体格は細い。鍛えて引き締まっているというよりもげっそりしており病的で、白や金で彩られた豪華な衣装を着ているが妙に不恰好《ぶかっこう》な印象。せめてメリハリをつけようという意図か、腰に回した装飾だらけのベルトはキツく締められていた。

しかしその素顔は、目深に覆われたフードと真っ白で無機質な仮面に隠されて見る事が出来ない。服装から察するにかなり位が高そうなのに、なぜ仮面とフードを着けているのだろう。

という疑問を抱く前に、男の様子がおかしい事にヒストリカは気づく。

「あの、大丈夫ですか？」

続けて尋ねる。

「あまり調子が良くないように見受けられますが……」

男からの返答はない。

仮面で見えないため顔色は窺えないが、胸を押さえ、息は絶え絶え。

人差し指で突いただけで倒れてしまいそうな……。

「えっ、ちょ、ちょっと……」

男が糸の切れた人形のように崩れ落ちた。

膝を突き、なんとか倒れまいと踏ん張っているようだが、見るからに辛《つら》そうだ。

慌ててヒストリカは駆け寄る。

「大丈夫じゃ……無いですよね？」

その問いかけに、男はヒストリカに掌を向けた。

『放っておいてくれ』と言わんばかりの拒絶のジェスチャー。

（こんな状態で放置は……出来ませんね）

不敬に当たる可能性もあるが、そんな悠長な事は言ってられない。

まずヒストリカは、自分のドレスの一部をビリビリと破いて床に敷いた。

（パーティ用の、大きめのドレスで良かったわ……）

久しぶりにハリーと会えるということで、自分なりにちゃんとおめかしをしていた。

それがこんなところで役に立つとは、なんだか皮肉めいた気がする。

そんなことを考えながら、男の肩に手をかける。

「申し訳ございません、失礼いたします」

謝罪と共に、ヒストリカは先ほど敷いたドレス（の一部）の上に男を仰向《あおむ》けに寝かせた。

（これで、体勢は楽になったはず……）

「な……な……!?」

おおよそ淑女とは思えない行動に驚愕《きょうがく》の声を漏らす男に構わず、ヒストリカは次の行動に移る。

「仮面とフードをお取りしてよろしいでしょうか？」

びくりと、男の肩が震える。

それから守るように仮面に手をかけ、言った。

「見る、な……」

「申し訳ございませんが、今の貴方《あなた》は急を要する病の症状が出ている可能性もございます。その場合、迅速に処置を行わないと手遅れになるかもしれません。その確認をさせていただきたいのです」

「君は……医者か、何かかい？」

「医者ではありませんが。少しばかり、医学の心得はあります」

言葉の通り、ヒストリカには多少の医学知識があった。

実家の書庫の書物の中には隣国から運び込まれた医学書もかなりの冊数が収められており、ヒストリカの頭の中にはその知識が叩き込まれている。もちろん、本格的な治療や手術などは出来ないが、対症療法くらいは……という自信がヒストリカにはあった。

そんなヒストリカの自信が伝わったのか、もしくは言っても聞き入れられないと諦めたのか、男が仮面から手を離す。

「ご無理を聞いていただきありがとうございます。それでは、失礼いたします」

最低限の前置きをした後、ヒストリカは男の仮面とフードを取り除く。

「……っ」

反射的に男は顔を背けた。

フードの中から現れた男の素顔は、お世辞にも綺麗《きれい》とは言い難い容貌だった。

長めの黒髪は艶もハリもなくぼさぼさで、肌は病的なまでに青白い。

目の周りは落ち窪《くぼ》んでいて、頬はわかりやすく痩《こ》けていた。

（これは、根本的な何かを患っていそうね……）

「……君も、僕を不気味がるのかい？」

押し黙るヒストリカに、男は失望したように尋ねる。

「……不気味がる？　なぜですか？」

「なぜって……」

〝今まで会ってきた令嬢は、そうだったから〟

どこか寂しそうに呟く男に、ヒストリカは「ああ」と納得のいったように頷《うなず》く。

言い方は悪いが、この亡霊か死神のような容貌は確かに並の令嬢は悲鳴をあげて不気味がるかもしれない。しかし、ヒストリカの場合は違った。

「お気になさらず。不気味だなんて、少しも思いませんので」

ヒストリカの言葉に、男の弱々しい目が大きく見開かれた。

幸か不幸か、ヒストリカは実家の医学書で、人体の解剖図やら悲惨な病気にかかった患者の絵やらの、数多くのグロテスクな絵を目にしてきた。

それこそ、並の令嬢だと悲鳴をあげる間もなく卒倒してしまいそうなほどの。

加えてヒストリカは、人を判断する際には外見ではなく内面を見る事を信条としている。

外見は良くても中身が残念なパターンを嫌と言うほど見てきたためだ。

例えば某婚約者とか。それらの経験と信条のおかげもあって、男の素顔を見てもヒストリカは一切動じなかった。それどころか……。

(ちゃんと栄養を摂《と》って肉付きが良くなったら、なかなかになりそうね……)

顔立ちに傷のようなものも見当たらないし、鼻梁《びりょう》はスッと通っているし。

よく見ると歯並びも良く、目元も整っている。

(これは磨けば光る原石というやつでは……って、病人相手に何を考えているの)

頭を振って、ヒストリカは未だに呆然《ぼうぜん》としたままの男に向き直る。

現在の症状から頭の中に浮かんだ病名。

その病気を判断する方法を記憶の底から引っ張り出した後、男に尋ねる。

「今、喋《しゃべ》れますか？」

「喋れは、する……」

「ありがとうございます。頭痛やめまいなどはありますか？」

「頭がガンガンするような感じだ……めまいも……ある」

「なるほど。だるさや吐き気は？」

「全体的に……だるくて立っていられなかった。吐き気は……無い」

「ありがとうございます。ちょっと、口を開けていただけますか？」

「んあっ……」

男が口を開ける。しかし、月明かりだけではよく中が見えない。

「すみません、少し向きを動かしますね」

「んがっ……!?」

男の頭に手をかけて、バルコニーの明かりの方にゆっくりと向かせる。

「な、何を……」

「口の中の赤みが少なく、白っぽい……」

男の口の中をまじまじと見つめつつ真面目な表情で呟くヒストリカ。

それ以上抗議する事なく男は沈黙した。

「ありがとうございます。もう閉じて大丈夫です。では次に、下の瞼《まぶた》の裏を見せてもらっていいですか？　片方で大丈夫ですので」

「……わかった」

言われた通り、男は片瞼の下を指で捲《めく》るように引っ張った。

「ふむふむ……なるほど、わかりました。おそらく貧血ですね」

「貧血……」

男が初めて聞いたとばかりのリアクションをする。

「専門的な用語を抜きで言うと……血の中にある、とある成分が不足していたり、全身への血の回りがよくなかったりすると起こる症状ですね。なので……」

おもむろにヒストリカは、男の腰に回されたベルトに手をかけた。

「お、おいっ……何を……」

「たぶんこれが原因の一つなので、外せば多少楽に……やっぱり、相当きつく締めてますね」

困惑する男に構わず腕に力を込めて、ヒストリカは男のベルトを外す。

瞬間、男が大きく息を吸いこんだ。萎《しぼ》んでいた胸部、腹部に膨らみが戻る。

今頃、ベルトの締め上げで詰まっていた血液が全身に行き渡っている事だろう。

水中から地上に戻ってきたかのように、男は何度も深呼吸をした。

「よいしょ……」

それからヒストリカは、男の両足を持ち上げ地面から二十センチほどの位置で止めた。

「それは……何をしているんだ?」

「頭に血を送っているのです。めまいや頭痛は、頭に血が充分に行き渡らない事で起こっているので」

「なるほど……足を上げる事で、血が上半身に巡るようにしているんだね」

「ご明察の通りです」

しばらくして、ヒストリカは尋ねた。

「気分はどうですか？」

「……少し、楽になったよ」

言葉の通り、浅かった呼吸は平穏を取り戻している。

心なしか、青白かった顔色に赤みが差しているように見えた。

「良かったです。とはいえ、行ったのは応急処置なので、根本的な治療とは言えませんが……」

「いや……それでも、助かった」

男がヒストリカの方を見て、言う。

「ありがとう」

その言葉に、ヒストリカは微《かす》かに目を見開いた。

「……いえ、どういたしまして」

きゅ……と唇を結ぶ。胸がじんわりと温かみを灯《とも》した。

いつぶりだろうか。人に、ありがとうと感謝されたのは。

「もう、大丈夫。起き上がれそうだ」

そう言って上半身を起こそうとする男の胸に、ヒストリカが手を当てる。

「ダメです。もうしばらく安静にしてください。立っていられなくなるほど、身体に負担がかかっていたのですから」

「立てなくなるのはいつもの事だ。だから、問題ないよ」

いつもの事？

聞き返したい言葉ではあったが、強い意志の籠った声にそれ以上何も言えなくなる。

というか、これ以上はこちらが何かしらの要求をするべきでは無いとヒストリカは思い至った。

冷静に考えて、今のこの状態は色々とまずい。主に、不敬的な意味で。

先ほどまでは急を要していたため、男の容態を改善させることだけを考えていた。

しかし冷めた頭でよくよく考えてみると、男が自分よりもずっと身分の高い位の者だった場合……お世辞にも、下の身分の者として正しい振る舞いをしていたかと聞かれると、自信を持って頭を縦には振れない。医療行為とはいえ、自分は医者でもなんでもない。

付け焼き刃の知識で質問攻めにし、隠していた（であろう）素顔を見せてもらった。

挙句の果てにベルトに手をかけ、両足を持ち上げエトセトラエトセトラ。

背筋にサーッと、冷たいものが走った。

「そ、そうですか……では、人を呼んできますので、せめてしばらくじっとしていてください。ついでに、お水も貰ってきますので」

「ああ……わかった。重ねてすまない」

男の状態的にもう、一時的に離れても大丈夫だろうという判断もあるが、一旦人を呼んで、自分の手から事態を手放したいという思いがあった。色々と事情聴取されるだろうが、それは致し方がない。立ち上がるヒストリカに、男が尋ねる。

「君、名前は？」

「ヒストリカ・エルランドです」

「ヒストリカ……」

男がその名を反芻《はんすう》している間に、ヒストリカは「では……」と頭を下げて足速に屋敷に戻った。

「あ、いけない……」

屋敷の廊下をそそくさと歩いている途中、お相手の名前を聞くのを忘れていた事に気づいた。

立ち止まるも、すぐに歩みを再開する。今更戻るのも変だし、人を連れてきた後で伺おう。

そう、ヒストリカは決めるのであった。

……しかしこの日、ヒストリカは男の名を聞く事が出来なかった。

ホール近くの廊下を歩いていた使用人に声を掛け事情を説明し、夜会を主催したローレライ侯爵お抱えの医者と共にバルコニーに戻るとそこに男の姿は無く、ビリビリに破いたヒストリカのドレスの切れ端だけが残されていたから。

◇◇◇

「いったい、なんだったのでしょう……」

激動の夜会から三日後。

エルランド家の屋敷の自室で、ヒストリカは呟く。

思い起こすのは、バルコニーで忽然《こつぜん》と消えた男性のこと。

結局あの後、一緒についてきてくれた使用人とローレライ侯爵家の医者に謝罪する羽目になった。

あの一連の出来事は夢幻？

そう思うには記憶が鮮明過ぎる。男性にはあの場から立ち去る必要があったのだと推察した。

男性は見たところ身分の高そうな方だったから、お忍びか何かで訪問していた可能性も否定出来ない。あの場から立ち去ったのは、自分と会ったという事実自体が不都合だったから、という理由かもしれない。

どれも推察の域を出ないし、結局男性とはあの後会えずじまいだったから考えても仕方がないけど。

それはいいとして、あの後が大変だった。

狐《きつね》につままれたような気分でホールに戻るや否や父親が駆けつけてきた。

どこからかハリーからの婚約破棄の騒ぎを聞きつけてきたらしい。

立て続けの出来事が起きて疲労困憊《ひろうこんぱい》の表情をした上に、ドレスの一部が破けた娘の姿を目にした父親はヒストリカのことを心配する素振りも見せず馬車に押し込んだ。

馬車に詰め込まれ帰ってくるまでの間、事の経緯を説明するなり父親に頬を打たれた。

「お前が上手《うま》くやらなかったから、こんな事になったんだぞ！」

頭ごなしに怒りをぶつけられた。

伯爵家との婚約が破談になったのだから、仕方がない。

「申し訳ございません、申し訳ございません」

ヒストリカは繰り返し頭を下げ続けるしかなかった。父親の罵詈雑言はいつもの事だ。

しかし、婚約破棄と人命救助でヘトヘトになった身体には流石に堪《こた》えた。

男性の件に関しては話すタイミングがなかった、と言うよりも話す隙も与えられなかった。

帰ってからもヒステリーを起こした母親に怒鳴られ打たれ散々であったが、一時間ほど耐えていたら最終的には解放してくれた。

普段はもっと長いのだが、婚約破棄の要因の一端に自分たちがヒストリカに施してきた教育があったという事実を鑑み、短めで解放してくれたのだろうとヒストリカは推測している。

あくまでもヒストリカが悪い、という姿勢に変わりはなさそうであるが。

そんな出来事から今日に至るまでは特筆するような事も起こらなかった。

婚約破棄の波乱が嘘《うそ》だったかのよう。

これ幸いと、ヒストリカは自室に籠り読書に明け暮れた。睡眠もいつもよりたっぷり取って、夜会での肉体と精神のダメージを癒す平穏な生活を送っていたのだが……。

「ヒストリカ！　いるか！　ヒストリカ！」

部屋にやってきた父ベネットの一言が、平穏を切り裂いた。

「いかがなさいまして、お父様？」

読んでいた本を閉じて、ベネットに向き直る。

「お前に婚約の話が来ているぞ！」

「こん……やく？」

まるで幼な子が初めて見る単語を読むかのように、ヒストリカはその言葉を反芻する。

頭の中でも繰り返して、ようやく意味を飲み込んだ。

「え……？」

思わず、間の抜けた声が漏れた。まるで現実感がなかった。

だって、今の自分には最も縁の遠い言葉のはずだから。

「ああ、先ほど届いた手紙に記されていた」

ベネットが便箋を差し出してくる。

上等な質感を指先で感じながら、ヒストリカは紙面の内容に目を通した。

宛先はヒストリカとその両親に向けて。

仰々しい前置きや定型文を取り払うと、おおよそ以下のような事が記されていた。

・（手紙の送り主である）テルセロナ家の当主エリクは、ヒストリカ・エルランドと婚約を結びたく思っている。
・結婚に際して準備金や資金などは全てテルセロナ家が負担する。
・婚約後、ヒストリカはテルセロナ家の屋敷に居住してもらいたい。
・詳細の話は直接会って、テルセロナ家の屋敷で話したい。

「悪戯《いたずら》か何かでしょうか？」

まず冷静に疑ってかかるヒストリカに、ベネットは頭を振る。

「手紙には確かに、テルセロナ家の家紋の入った封蠟《ふうろう》が捺《お》されていた。公爵の名を騙《かた》って文が送られたとは、考えにくいだろう」

「です、よね……」

手紙の偽造は重罪だ。それも、公爵家の名を騙るとなると死罪もあり得るだろう。

悪戯にしてはリスクがあまりにも大きすぎる。

それでも、反射的に何かの間違いなのではと疑ってしまった。

一応、『このような急な形で申し訳ない』的な前置きがあったが、それを差し引いても突然過ぎる婚約の申し入れだった。

テルセロナ家と言えば、王の遠戚にあたる由緒正しい名家。

爵位もこの国の貴族の中で最上位の公爵。

子爵貴族ごときが話すことはおろか、顔を合わせる機会すら通常は許されない。

まさしく、雲の上の存在である。

（そんな天上人であるはずの、エリク公がなぜ……）

先日、自分は公衆の面前でガロスター伯爵家の嫡男ハリーに捨てられた。

一部始終を見ていた人々から、あの夜会での出来事は社交界に瞬時に話が回っている事だろう。

婚約まで取り付けたものの、他の令嬢に奪われる形で捨てられたヒストリカ。

世間の評判を何よりも重要視する貴族たちが、そんな傷物も同然のヒストリカをわざわざ新たな伴侶として迎え入れようと考えるわけがない。

それも、こんな高名な方ともなれば尚更《なおさら》だ。

だからこそ、この婚約の申し入れはわけがわからなかったのだ。

「当然、受けるだろう？」

返答は一つだと言わんばかりに、ベネットが問う。

突然降って湧いた、公爵家との婚姻。それも、お相手がかの有名なテルセロナ公爵家となれば、我がエルランド家にとっては勿体ないくらいだ。

陞爵《しょうしゃく》を目指すベネットにとって好機という他ないだろう。

（それに……私にとってもこれは好機、ではあるのよね……）

今のヒストリカは、おそらく夜会での婚約破棄の噂が回っているだろう事もあって相手を見つけるのが非常に難しい状態にある。

ただでさえ性格的に男受けの悪いヒストリカにとっては絶望的な状況だった中、エリクからの婚約の申し入れはまさに救いの手と言っていいだろう。

「はい、もちろんでございます」

ヒストリカの言葉に、ベネットは満足そうに頷いた。

「しかし公爵家との婚姻とは……何はともあれでかしたぞ、ヒストリカ！」

先日の天を貫くような怒りはどこへやら、ベネットが声を弾ませヒストリカの背中を叩く。

娘にちゃんとした相手が出来たという愛ゆえの喜びではない。

自分たちにとって有利な事態になったという、自分本位な喜びである事は一目瞭然だった。

（どちらにせよ……私に選択権は無いでしょうし）

冷めた思考しか湧いてこない。

貴族間の結婚は当事者同士の気持ちよりも、身分が高い方の意向が尊重される事が多い。

エルランド家は子爵、相手は公爵という天と地の身分差だ。

子爵家が公爵家からの婚約の申し出を断ったとなれば、ただでさえ外聞が悪い我が家にとって余計芳しくない状況になる可能性もある。

というわけで、この婚約を拒否するという選択肢はヒストリカに存在しなかった。

「それでは早速、私の方で文の返事をいたしますね」

「うむ、よろしく頼む」

こうしてヒストリカは、テルセロナ家に嫁ぐ運びとなったのであった。

◇◇◇

テルセロナ家に婚約を了承する旨の文を送るとほどなくして、歓迎の文が返ってきた。

春の朗らかな日差しがぽかぽかと暖かい今日、テルセロナ家から迎えの馬車が到着する。

「それでは、行って参ります」

父ベネットと母ローズに、ヒストリカはぺこりと頭を下げる。

「くれぐれも、失礼のないようにな」

ベネットが低い声で言う。

「お前は愛想がないから、万が一にも無礼を働き婚約が破談になる可能性も考えうる。それだけは、なんとしてでも避けるのだ」

(別れ際になっても、自己保身の言葉、ね……)

頭を下げたまま、ヒストリカは思わず苦笑が浮かびそうになった。

「失礼がないよう、尽力いたします」

頭を上げて、淡々とヒストリカは言った。

「到着次第、すぐに支度金の事を伝えるように。くれぐれも忘れないでね」

一方、母のローズはお金の事しか口にしなかった。

父親の領地経営の手伝いをする中で、家の収支表を取りまとめているヒストリカは、母が宝石や贅沢品《ぜいたくひん》で散財している事を知っている。

公爵様との婚約という事で、実家に入る支度金は相当のものとなる。

娘の門出よりも、自分の懐が温かくなる方が嬉《うれ》しいのだろう。

ローズの言葉にヒストリカはなんの感情もなく「わかりました」とだけ返す。

「それでは、お父様、お母様、今までありがとうございました。落ち着き次第、文を出しますので、その時にまた」

こうしてヒストリカは、お付きの侍女と共に馬車に乗り込んだ。

結局最後まで、両親の口から「おめでとう」も「気をつけて」も出る事はなかった。

自分は娘ではなく、実家を繁栄させるための都合の良い道具でしかなかった事を、改めて悟る。

それはもう、前々からわかりきっていた事だし今さら期待はしていなかったけれど。

（せめて最後くらいは、親子らしい会話があっても……）

ヒストリカの凍りついた思考の中に一匙《ひとさじ》の思いが浮かんだのを、頭を振って拭い去った。

何はともあれ、生きているのに、死んだように過ごしていた実家から出る事が出来た。

その事実だけで、テルセロナ家へ嫁ぐ事に前向きな気持ちになれた。

◇◇◇

「醜悪《しゅうあく》公爵、ね……」

しばらく馬車に揺られたあと、車窓から景色を眺めながらヒストリカは呟く。

「やっぱり気になりますか、ヒストリカ様？」

尋ねてきたのはヒストリカのお付きの侍女、ソフィだ。

小動物を彷彿《ほうふつ》とさせるくりっとした瞳に、あどけなさが残る丸みを帯びた顔立ち。

ヒストリカとは対照的にコロコロ変わる表情が特徴的だ。

首の辺りまで伸ばしたブラウンの髪はサイドで纏められている。

背丈は低めで、黒と白を基調にしたメイド服を着ていた。ソフィとはもう三年ほどの長い付き合いのため、公の場以外ではフランクなやりとりをする仲である。

ヒストリカに唯一良くしてくれる味方と言っても過言ではない。

そんなソフィの質問に、ヒストリカはゆっくりと首を振った。

「いいえ。噂とは往々にして、尾鰭《おひれ》がつくものだから」

ヒストリカは、ソフィに命じてエリク公に関する噂話を集めてもらった。

その結果、社交界から見たエリクに対する評価は散々と言わざるを得ないものだった。

曰《いわ》く、その醜悪な容貌のせいで数々の令嬢が怯《おび》えてしまい、今まで何度も婚約を破談にさせてしまったほど。

曰く、自身の容貌をなるべく人に見せたくないと極力社交界には顔を出さないようにしており、愛想も無く貴族間の付き合いも悪い。

曰く、性格は根暗で卑屈、些細《ささい》な事で怒りを露《あら》わにし周りに当たり散らす暴君……などなど。

どれも、王国の最高爵位であらせられる公爵様とは思えないものだった。

噂は基本的に誇張されるものとはいえ、それらが事実に基づいている事は確実だろう。

「なんにせよ、今気にしても仕方がないわ。私は私のやれることをするだけ。それだけよ」

「この身がある限りお供いたします、ヒストリカ様」

恭しく頭を下げるソフィに、「ありがとう」とヒストリカは返して続ける。

「ハリーとの一件については……私が前に出過ぎた点も否定出来ないわ。薄々感じてはいたけれど、この国は男尊の風潮が思った以上に強かった。だから……」

決意を新たにした瞳を浮かべて、ヒストリカは言う。

「私はエリク公の良き妻として、支える側に徹しようと思っているわ」

つまりはサポートねと、ヒストリカは表情を変えずに言う。

「ヒストリカ様……もしかしてちょっと楽しみだったりします？」

「そんなにはしゃいでいるように見えるかしら？」

「もう長い付き合いですもの」

ヒストリカに、ソフィはにっこりと屈託のない笑みを浮かべて言う。

「サポートに関してはきっと大丈夫ですよ。ヒストリカ様なら」

「なぜそう言い切れるの？」

「ええ～……だって」

わかりきった事をといった調子で、ソフィは言った。

「ヒストリカ様、めちゃくちゃ優秀ですもの」

ぱちぱちと、ヒストリカは目を瞬かせたあと首を傾《かし》げる。

「買い被《かぶ》りすぎよ。私よりも凄《すご》い人は、たくさんいるわ」

「少なくとも私は、今まで出会ってきた中でヒストリカ様ほど聡明《そうめい》な方は存じ上げません」

「私はたくさん出会ってきたわよ」

「え、どちらで？」

すっ、とヒストリカは馬車の荷台にこんもりと積まれた大量の本たちを指差して言った。

「書庫に収められていた数多《あまた》の本の著者たちに比べると、私なんてまだまだ……」

真面目な表情で言うヒストリカに、ソフィは「その向上心は一体どこから……」と嘆息するので

あった。

◇◇◇

夜もとっぷり更けた頃。

ヒストリカとソフィを乗せた馬車は、王都を少し外れたテルセロナ家の屋敷に到着した。

「流石は公爵様のお屋敷……と言ったところでしょうか」

屋敷というよりもはや城に近い立派な建造物を見上げてヒストリカが呟く。

夜だというのにはっきりと煌めきがわかる純白の屋敷は、何部屋あるのかわからないくらい左右に伸びている。庭園には立派な花園に、大きな噴水。

装飾として置かれた彫刻ですら、ヒストリカの背丈より高いものがいくつもあった。

「こ、これは……お掃除も一苦労ですね」

隣でソフィが使用人らしいコメントを溢《こぼ》す。

子爵家の屋敷もそれなりに大きかったが、公爵家のお住まいとなるとこんなにも桁違いな規模になるのかとヒストリカは感嘆の息を漏らした。

馬車を降り、長旅で生じた凝りをほぐしていると。

「お待ちしておりました、ヒストリカ様」

ふと声が掛けられ振り向く。

何人か使用人を従えた男性が深々と頭を下げた。

銀白色の髪は端正に刈り上げられたバックスタイル。

温厚そうな双眸《そうぼう》に眼鏡をかけ、丁寧に手入れされた髭《ひげ》が印象的な顔立ちをしている。

細くスラッとした身体には伝統的な執事服を纏っており、厳かな品格と責任感を放っていた。

「私、執事長をしております、ハミルトンと申します。本日は遠路はるばるお越しいただきありがとうございました。どうぞよろしくお願いいたします」

ハミルトンが言うと、隣の初老の女性が続いて頭を下げる。

「家政婦長のコリンヌです。どうぞよろしくお願いいたします」

「ヒストリカ・エルランドよ。よろしくお願いね」

二人の挨拶に、ヒストリカは短く返した。続けてソフィが軽い自己紹介を済ますと、ヒストリカはそのままテルセロナ卿《きょう》と顔合わせする運びとなった。

「荷物はどうすれば良いかしら？」

「そのままでご心配なく、私どもが部屋に運びますので」

ハミルトンの合図で、コリンヌを始めとした使用人たちが馬車から荷物を運び出してくれる。

力仕事要員として招集されたのか、使用人の中には男性も混じっていた。

（まだ若い……）

明らかにヒストリカと年齢が同じか少し下くらいの青年。

（慣れていない感じがするわね）

まだ使用人として日が浅いのか、手つきや身のこなしに未熟さが窺える。

その青年が大きめのトランクを持ち上げた途端、ぐらりと重心がずれた。

思った以上の重量があったのだろう。

「あっ……」

後ろに倒れそうになった青年を、ソフィが素早く支える。

「大丈夫ですか？」

「はい、なんとか……」

（流石、周りがよく見えているわね）

ヒストリカが心の中で感心する。一安心する青年に、ヒストリカが続けて言った。

「それ、重いでしょう？　少し腰を落として両腕で胸に抱えるように持った方が、運びやすいと思うわ」

「あ……も、申し訳ございません！」

青年はどこか恥ずかしそうに顔を赤らめペコペコと頭を下げた後、ヒストリカが言ったように胸に荷物を抱えて屋敷の中に去っていった。

（はっ、いけない、つい……）

己の発言を反省するヒストリカ。おそらく、青年のプライドを傷つけてしまった。

先ほど、自分は男性の一歩二歩後ろに下がってサポート役に徹すると心に決めたばかりなのに。

流石に使用人が相手だからというのもあったが、男性に対する姿勢を改めなければハリーの件と同じ事を繰り返してしまう。

そう自らに戒めを込めるヒストリカに、ハミルトンが申し訳なさそうに頭を下げる。

「うちの使用人が粗相をして、申し訳ございません」

「こちらこそ、差し出がましい事をしました。荷物には本がたくさん入っているから、見かけよりもずっと重いのでしょうね」

「寛大なお言葉、感謝いたします」

再びハミルトンは深く頭を下げた。

◇◇◇

荷物整理のため、ソフィとは別行動となった。

コリンヌの案内で、ヒストリカは屋敷の応接間に通される。

「ではこちらで、少々お待ちください」

「ありがとう」

部屋のソファーに、ヒストリカは腰掛ける。

常に何かをしていないと落ち着かないヒストリカは、じきに所在が無くなりソワソワし始めた。

「本の一冊くらい、持ってくれば良かったわね……」

冗談まじりに呟く。やる事もないのできょろきょろと辺りを見回す。

応接間も広々としており、一つで財産を築けそうな調度品や豪華なシャンデリアなど目が眩《まぶ》しくなりそうだ。しかしよくよく目を凝らすと、壁の汚れがそのままだったり隅に埃《ほこり》が溜《た》まっていたりと、ところどころ手入れが行き届いていないようだった。

（そういえば……）

応接間までの廊下も、割れた窓が雑に補修されていたり、壊れたままのドアがそのままだったりしていた。

あの新人の青年といい、この屋敷の使用人たちのレベルは思ったよりも高くないのかもしれない。

（公爵家なのに？）

という疑問符が浮かぶ。たまたまだろうか、それとも……。

（って……今はそんな事を考えている場合じゃないわね）

背筋を伸ばし、大きく息を吸い込んで、吐き出す。

自分が思った以上に緊張していることにヒストリカは気づいた。

（おかしいわね……）

殿方との顔合わせは初めてではない、人生で二回目だ。

ハリーと初めて顔を合わせる際は、事前に情報も経緯も説明されていた。その上ハリーは夜会などで何度も顔を合わせていた相手だった事もあり、なんの昂《たかぶ》りも感慨もなかった。

しかし今回は、なんだかよくわからない経緯かつ相手の顔も知らない状態での面会。

どんなお方が来るのだろうという緊張感が湧いてくるのも無理はない。

ただ、ヒストリカの鼓動を速くしていたのは緊張感だけが原因ではなかった。

この屋敷に来るまでの数日間、ヒストリカはテルセロナ卿との接点をずっと考えていた。

子爵家出身の自分が公爵クラスの貴族が出席する場に居合わせたことはなく、本来なら言葉すら交わしていないはずだ。

しかし国において重要な地位であらせられる公爵貴族様が、一度も顔を合わせていない相手を結婚相手に選ぶとは考えにくい。

考えられるのは、『自分は相手を知らないが、相手には一方的に認知された』可能性。

例えば、そう……自ら名乗っておきながら、相手の名前を聞き忘れた……とか。

（まさか、ね……）

一週間前の夜会。婚約破棄の宣告を受けた後、バルコニーで起きた一幕が脳裏にちらつく。

貧血で倒れ、ヒストリカが救助した、仮面を着けた男性。

（いえ、でも……）

ヒストリカは頭を振る。

確信を持てずにいたのは、実際の印象と事前に入手した噂とがあまりにもかけ離れていたから。

醜悪公爵。

曰く、その醜悪な容貌のせいで令嬢が怯えてしまい、今まで何度も婚約を破談にさせてしまった。

曰く、自身の容貌をなるべく人に見せたくないと極力社交界には顔を出さないようにしており、愛想も無く貴族間の付き合いも悪い。

曰く、本人の性格は根暗で卑屈、些細な事で怒りを露わにし周りに当たり散らす暴君。確かにげっそりしていて目もギョロッとしており、お世辞にも美麗とは言い難い顔立ちだったけど。（グロ耐性高の）ヒストリカにとっては「言うほどかしら？」くらいの印象だった。

性格的な印象にしても、言葉にちょっと棘《とげ》がある感じはしたけど誠実そうな気配を受け取った。

それらを踏まえて、もしあの方だったら、という期待もほんの少しあった。

理屈じゃない。あのバルコニーで共有した時間はほんの少しだったけれど。

ヒストリカは彼に対し、直感的に良い印象を抱いていたのだった。

自分の結婚相手は誰なのか。その答えはじきに、ドアのノックと共に訪れた。

「失礼する」

男性が入ってくると同時に、ヒストリカは立ち上がる。

「待たせてしまって、申し訳ない」

聞き覚えのある声に振り向く。

そして、すぐに。

（ああ、そうだったのね――）

と思った。背が高くひょろっとした男性は――あの晩のバルコニーで着けていた仮面と同じものを被っていた。

◇◇◇

「待たせてしまって、申し訳ない」

そんな言葉と共に入室してきた男性――エリク・テルセロナ。

背は高いが不健康的な痩せ方をしている体軀《たいく》。

婚約者との初顔合わせということでそれなりにちゃんとした服装を心がけたのはわかるが、身につけているテールコートは身体の厚みに合っていなくてブカブカな印象だ。

服に着られているという表現がぴったりで、少し突いたら倒れてしまいそうなほど頼りない。

頭にはフードと、顔には見覚えのある仮面を着けていてその素顔は窺えなかった。なんの前情報もなく会わされたら、並の令嬢だと悲鳴をあげて逃げられてもおかしくない出で立ちだろう。

「いいえ、お気になさらず。私も、先ほど到着したばかりですので」

しかしヒストリカが動じる様子はない。あの晩のバルコニーで出会った方だという確信が持てて、頭の中は納得の気持ちでいっぱいであった。

「ヒストリカ・エルランドです」

エリクの前で膝を突き、淑女の礼を取りながらヒストリカは言う。

「エリク・テルセロナだ」

「お会いするのは二度目……で、合っていますでしょうか？」

「うん、合ってるよ。一週間ぶりだね、ヒストリカ嬢」

よく言うと優しい、悪く言うとどこか芯の弱い声でエリクは言う。

「堅苦しい挨拶はこのくらいにして。とりあえず、座ろうか」

「ありがとうございます」

もう一度礼をした後、「失礼いたします」とソファに腰掛ける。

先にソファに座ったエリクは、ヒストリカのよそよそしい所作をじっと眺めていた。

「まずは、遠路はるばるありがとう。もう夜も遅いから、顔合わせは明日の方が良いかなと思っていたんだけど、どうしても君に一目会っておきたくてね」

「お心遣い、ありがとうございます……あの、まず私からよろしいでしょうか？」

「うん？」

首を傾げるエリクに対し、ヒストリカは頭を深々と下げる。

「まずは謝罪をさせてください。先日は、貴方様をかのテルセロナ卿とは知らず、数々の無礼を働いてしまいました。緊急を要した事態だったとはいえ、誠に申し訳ございませんでした」

ヒストリカの謝罪が予想外だったのか、エリクの動きが止まる。

しかしすぐに慌てたように言った。

「いいよ、そんな。君が気に病む事じゃない」

「そうもいきません。貴族社会における身分の差は絶対的なものです。子爵家である私が、公爵様であらせられるテルセロナ卿の身体に妄《みだ》りに触れるなど……」

「でも、あの時の君の処置は間違っていなかった。おかげで、今もこうして元気に話せている」

「それでも。筋は通すべきかと存じました」

「なるほど、どうやら君は、噂通りの人物のようだね」

「融通の利かない、堅物で申し訳ございません」

「そこまでは言っていない。なんというか、うん……」

柔らかい声で、エリクは言う。

「真面目な人なんだなと、思ったよ」

仮面の奥で、エリクがくすりと微笑《ほほえ》んだような気がした。

まさかそんな評価を下されるとは思っておらず、ヒストリカは目をぱちぱちさせてしまう。

「僕の方こそ、改めてお礼を言わせて欲しい」

姿勢を正してからエリクは言った。

「あの時は、助けてくれてどうもありがとう。それから……すまない、急に立ち去ってしまって。どうしてもすぐに屋敷に戻らなければいけなくて、あの場に留《とど》まる事が出来なかったんだ」

「い、いいいえ、それこそお気になさらないでください。テルセロナ卿がご無事でしたのなら、何よりです」

「エリク、でいいよ」

「いえ、ですが」

「夫婦になるんだから、呼び名くらい砕けた方が良いだろう？」

夫婦になるという言葉に未だに現実感がないが、エリクの気遣いを無下にも出来ないと思い最大限の譲歩から出た呼称をヒストリカは口にする。

「では、エリク様で。私のことは、ヒストリカで構いませんので」

言うと、エリクはちょっぴり残念そうな素振りを見せた。

「今はそれでいいか……ありがとう、ヒストリカ」

また感謝の言葉を口にされて、ヒストリカは膝の上で拳をきゅっと握った。

「とにかく、君には多大な迷惑をかけた。あの後、ちゃんとした医者に診断してもらったら、確かに貧血の症状だと言われた。日頃の不摂生が祟《たた》ったんだろうな」

自嘲気味にエリクが言うが、今にも倒れそうなほど痩せ細った身体を前にしてみれば冗談でも笑えるわけがない。

「でも、結果的に良かったのかもしれないね。あの一連の出来事のおかげで、僕は君に婚約を申し込むに至ったのだから」

「それがわからないのですが」

核心に触れるつもりで、ヒストリカは問う。

「なぜ、私なのですか？」

あの晩、バルコニーで助けた男性はエリクだった。

その出来事がきっかけで、彼が婚約を申し入れてきたことまではわかる。

ただしっくりこないのは、自分はあくまでも貧血で倒れたエリクに応急処置を施しただけだ。

あの短い時間の間に、公爵様ともあろう方が自分と婚約したいという考えに至る理由がさっぱりわからなかった。

「……初めてだったんだ」

ぽつりと、エリクが大切な記憶を思い返すように言う。

「僕の素顔を見て、怖くないと、なんとも思わないと言ってくれたのは、君が初めてだったんだ」

エリクは続ける。

「公爵という位は一見、華々しく見えてその実はシビアな問題を抱えていてね。僕も今年で二十二……世継ぎの事を考えると、もう結婚しなければいけない年齢だ」

（二十二、ということは、私の三つ上……）

　冷静にヒストリカは計算する。

　十四で成人を迎えるこの国においては、もう立派な大人である。

「もちろん、今まで何度も婚姻の話はあった。しかし、僕はこんな見てくれだからね。情けない話になるが、全て破談になってしまった」

（このあたりの噂は本当だったみたいね……）

　それにしても誇張されすぎとは思ったが。

「そんな中、君が現れた。僕の素顔を見ても動じない、普通でいてくれるヒストリカがね」

「なるほど、理解いたしました。ようするに、エリク様が感じてらっしゃった美醜のハードルを、私が越えたため婚約を決断したと」

「はっきり言うね」

「大変申し訳ございません」

　やってしまった。即座にヒストリカは頭を下げる。

　相手の気持ちに配慮して、表現をオブラートに包むのが苦手なヒストリカの悪い癖である。

「いや、いい。実に君らしい」

　しかしエリクは気分を害した様子はなく、むしろそれでいいと言わんばかりに頷いた。

「もちろん、それだけが理由ではないんだけどね。君ほどの魅力的な女性を世間が放っておくわけないという焦りもあった。だから重ね重ね、急な申し出になったことは申し訳なく思う」

「……身に余るお言葉でございます」

再びヒストリカは頭を下げる。慎《つつ》ましく、あくまでも淑女らしく、控えめに。

そう自分に言い聞かせるヒストリカに、エリクが訝《いぶか》しげな言葉を投げかけた。

「先ほどから、どうしたんだい？」

「え？」

「君はそんなに慎ましい性格じゃないだろう。元々の身分差はあったとはいえ、僕たちは夫婦になるんだ。公の場でもないここでは対等な関係だ」

「対等……」

まさかエリクの口からそんな言葉が出てくるとは思わず、ヒストリカは口を閉ざしてしまう。

だって、この国の貴族は揃《そろ》いも揃って……男の方が優位で女は下に佇《たたず》めといった価値観を持っていると思ったから。そんなヒストリカの思考とは反した言葉をエリクは続ける。

「もっと堂々と……ありのままの君でいてくれ。あの晩の君の、強く、勇ましく……自ら運命を切り開くような姿に、僕は惚《ほ》れ込んだのだから」

ヒーデル王国の男性貴族であるエリクが、なぜこんな価値観を持っているのかはわからない。

しかしそれが、婚約者の要望であるならば。

「……わかりました、善処します」

スン、とヒストリカは表情の緊張を解いた。

「くれぐれも愛想や可愛げといったものは期待なさらぬよう」

「充分だよ」

満足そうに、エリクは頷いた。

「それじゃ、改めて聞くよ」

真面目な声色で、ヒストリカに問いかける。

「この結婚、受けてくれるかな？」

「はい、お受けいたします」

ヒストリカとしては事前に答えは決まっていたので、すぐに応えた。

「ありがとう」

エリクは頷く。

……気のせいだろうか。仮面の隙間から、ほっと安堵《あんど》の息が聞こえてきたのは。

「本当に、急な話で申し訳ない」

「いえ、エリク様側のご事情を鑑みれば、当然のことかと」

通常は、結婚までに一定の婚約期間を設ける。

しかしそれはあくまでも慣習的なものなので、両者が合意すればすぐに結婚も可能だ。

エリクの年齢や社会的な立場……そして、心情的なものを考えると今すぐにでも夫婦関係に移行したいのだろう。

「お気遣い、感謝するよ。それじゃ、婚姻同意書とか諸々《もろもろ》の手続は僕の方でやっておくね」

「ありがとうございます、よろしくお願いいたします」

「結婚式……は、今僕の仕事が立て込んでいるので、すまないけど、しばらく待たせてしまうと思う」

「お気になさらず。私としても、挙式は間を空けていただけると助かります」

つい先日、婚約破棄をされたばかりなのだ。悪い印象のまま祝いの式を行うのも微妙な空気になると思うので、しばらく時間を空けてくれるのはありがたい。

「うん、じゃあそうしよう」

何はともあれ、こうして二人は正式に結婚する運びとなったのであった。

「さて……ひとまずこんなものだろうか。ヒストリカからは、現時点で何か聞きたいこととかあるかい？」

「今のところ、特にこれと言っては……ああ、支度金について、母から急ぎお送りいただきたいとお伝えするようにと申し付けられております」

「わかった。すぐに手配しよう」

「ありがとうございます。あとは……」

もう夜も遅いし、今すぐに聞きたいという事柄は特に思いつかないが。

ちらりと、エリクの顔を見る。正確には、エリクの顔を覆う仮面を。

なんだい、と言わんばかりに首を傾げるエリクに、ヒストリカは尋ねた。

「お顔を、見せてくださりませんか？」

気がつくと、そんな言葉が口から溢《あふ》れ出ていた。

ヒストリカの問いかけに、仮面から「うぐっ」と詰まったような声が漏れる。

素顔が見えなくても、苦い顔をしているのがわかった。

「今日はこのまま、やり過ごそうと思っていたんだけどね……」

「抵抗があるのは重々承知の上です。ただ表情が見えないままだと、やりとりに齟齬《そご》が発生する事も多いでしょう。ただでさえ私は、他者の気持ちを察する事が不得手なので、なるべく表情を確認させていただきたいのです」

「ああ、なるほど。そういう……」

理由が予想外だったのか、エリクが納得したような声で頷く。

「もちろん」

じっと、エリクの仮面を見つめてヒストリカは言う。

「これから一緒に過ごすお方の素顔を見たいという気持ちも、大きくありますが」

凛《りん》とした声に、再び仮面から詰まったような声が漏れた。

続けてゴホゴホと、咳払《せきばら》いをするエリク。

「エリク様？　大丈夫ですか？」

「す、すまない、なんでもない。まあそりゃそうか、そうだよな……」

降参するかのように、エリクは大きく息を吐き出す。

それからヒストリカの方を見て、仮面に手をかけて言った。

「君を信用していないとかじゃないけど……どうか、怖がらないでおくれ」

捨てられた子犬のような不安げな声に、先ほどのエリクの言葉を思い出す。

――今まで何度も婚姻の話はあった。しかし、僕はこんな見てくれだからね。情けない話になるが、全て破談になってしまった。

おそらく、彼は今まで何度も辛い思いをしてきたのだろう。自身の容貌に対する強いコンプレックスは、人並み以上の容姿を持つヒストリカが推し量れるものではない。

だからヒストリカは、言葉を選んで口にする。

「怖がりませんよ。先週、証明しましたでしょう？」

あの夜会のバルコニーで、目と鼻の先の距離で見たエリクの容貌に対しヒストリカが動じる事は無かった。それは紛れもない事実であり、エリクが安心する根拠としては大きいものだった。

ヒストリカの言葉に、エリクは少し安堵したように息をついた後。

「……少しだけだからね？」

そんな言葉と共に、フードと仮面を外した。

仮面の下には、ヒストリカの予想通りの素顔があった。

艶もハリもなくぼさぼさで長い黒髪。

病的なまでに青白い肌、げっそりと痩け落ちた頬。

目の周りは落ち窪んでいてぎょろりとしている。

一つ変わった点といえば、あの日以来剃《そ》っていないのか無精髭が荒れ放題であった。

「ごめんよ、今日は顔を見せないつもりだったから、髭を剃るのを忘れていて……」

取り繕うエリクに、ヒストリカは「いえ」と前置きして。

「やはり、噂はあてになりませんね。このお姿のどこが醜悪なのでしょう」

率直な感想をヒストリカは口にした。

(むしろ、ちゃんと栄養を摂って眉や髪を整えたらなかなかのものになる気がしますね……別に大きな傷があるわけでも、肌が変色しているわけでもないですし)

そんな事を考えるヒストリカの言葉に、エリクは数瞬呆《ほう》けた後。

「ヒストリカ……君、変わり者って言われない？」

「変わり者……かはわかりませんが、周りからはよく『お前はズレている』と言われる事が多かったような気がします」

「よく君のことを見ているね」

「私としては不服ですけどね」

「むう……」と唇を尖《とが》らせるヒストリカに、エリクは「くく」と笑みを溢す。

「笑うところありました？」

「いや、すまない。意外と、子供っぽいところもあるのだなと」

「はあ……」

そう言われたのは初めてのことで、ヒストリカは反応に窮してしまう。

（なんにせよ、好意的に受け入れられている事は確かなようだから……ひとまずは安心、といったところでしょうか）

今のところ噂通りの傍若無人さも、暴力を振るってくる様子もない。

むしろ常識的で優しい人のようだ、と思った、が。

（いいえ、ダメよ）

胸の中でヒストリカは頭を振る。

元婚約者ハリーも最初のうちは人当たりが良く、それなりに優しい振る舞いを見せてくれた。

最初のうちは誰だって見られたい自分を演じるもの。

ここで期待して、万が一あとあと豹変《ひょうへん》でもしたら……。

（また、自分が馬鹿を見る羽目になる）

すん、とヒストリカは表情を戻す。

双眸にほんのりと灯っていた温度が平常の冷たさに戻ったことに、エリクは気づかない。

「さて、ひとまずこんなところかな」

「はい、ありがとうございました」

ヒストリカが頭を下げると同時に、エリクがすくっと立ち上がる。

「じゃあ、僕は仕事に戻るよ」

「今からですか？」

闇色に染まった窓を見やってヒストリカは尋ねる。

「もう日付も変わってかなりの時間ですよ」

「溜まっている仕事が多くてね……明日の朝中に処理したい仕事も残っているから、もう少しね」

そう言って遠い目をするエリクは、今にも倒れそうなくらいふらついて見える。

とてもじゃないが仕事が出来るようなコンディションには見えなかった。

（大丈夫、でしょうか……）

勉強で根を詰める事が多かったヒストリカも流石に心配になる。

「浴室や寝室の場所についてはコリンヌに任せてあるから、今日はゆっくり過ごすといい」

「あ、はい……お気遣い、ありがとうございます」

ヒストリカが言うと、エリクが手を差し出してくる。

細くて、頼りなくて、病的なまでに白い手。

「改めて、これからどうぞよろしく、ヒストリカ」

「こちらこそ、よろしくお願いいたします」

エリクの手を取る。

冷たくて、握ったら折れてしまいそうな感触が掌から伝わる。

なんなら女である自分の掌とそう変わらないのでは、とすら思った。

「それじゃ……」

手を離した後、エリクが足を踏み出す。その時だった。

ガンッと、エリクの右足がテーブルの足に引っかかった。

「あっ」

「危ないっ……」

エリクの身体がぐらりと揺れる。そしてそのままどたりと、エリクが床に倒れた。

「エ、エリク様……!?」

床に倒れたエリクを前にヒストリカが声を上げる。

慌てて駆け寄ると、エリクがスッと掌をヒストリカに向けた。

「大丈夫、ただの疲労だから」

「疲労って……」

「時々、身体に力が入らなくなるんだ。少ししたら起き上がれるようになる」

意識はある。受け答えは出来る。

喫緊で処置が必要というわけではなさそうだが、身体のどこかに異常があるのは明らかだった。

この前の貧血の線も頭に浮かぶ。ヒストリカの行動は早かった。

即座に机の上にあった呼び鈴をちりりんと乱暴に鳴らす。

すると、ほどなくしてガチャリとドアを開けコリンヌがやってきた。

「いかがなさいましたか？」

「エリク様が……」

コリンヌは床に倒れ伏すエリクを見て「ああ」となんでもない風に呟き、言った。

「ご心配なく、いつもの事ですよ」

その言葉に、ヒストリカの頭に血が上った。

「主《あるじ》がこんな状態だというのに何を悠長な事を言っているの!?」

思わずヒストリカは声を荒らげた。

今まで感情の起伏が見られなかったヒストリカの一喝に、コリンヌはびくりと肩を震わせる。

エリクもそんな様子のヒストリカを見て目を丸くしていた。

一瞬にして凍りついた空気に、ヒストリカはハッとする。

「……申し訳ございません。少し、感情的になってしまいました」

頭を下げるヒストリカにエリクは床に頬をつけたまま言う。

「いや……こちらこそ驚かせてしまってごめん。コリンヌ、いつものやつを」

「は、はい……ただいま」

コリンヌは一礼した後、そそくさと部屋を退出する。

そしてしばらくして、小瓶を手に戻ってきた。

小瓶の中には緑色の液体が入っており、明らかに食用ではない輝きを放っている。

「こちらは？」

「エネルゲン・ドリンクというものだよ。これを飲むと力が漲《みなぎ》って元気になるんだ。まあ、気つけ薬みたいなものだね」

「なるほど」

「今起きる、ちょっと待ってて」

よいしょ……とエリクが踏ん張る。

そんなエリクの肩を持って、ヒストリカは彼を起き上がらせた。

「ありがとう」

床に座り込むような体勢になったエリクに、コリンヌが小瓶を渡そうとする。

その寸前、ヒストリカがコリンヌの手から小瓶を奪い取った。

「なんの真似《まね》だい？」

「こちらを飲ませるわけにはいかない、と判断しまして」

「どうして」

瞳に非難めいた色を浮かべるエリクに、ヒストリカは言い聞かせるように言った。

「エネルゲン・ドリンクには非常に中毒性が強い成分が入っています。一時的な興奮作用と快楽作用がございますが、長く飲み続けると他に様々な不具合が生じてしまいます。いつもの、と仰《おっしゃ》っていたあたり常用的に服用されているかと思いますが、止《や》めるべきかと」

「よく知ってるね」

「本に書いてあったので」

「そういえば……医学の知識があるんだったな」

「素人に毛が生えた程度ですが」

「でも、僕は別に中毒というわけではないよ」

へっちゃらとでも言わんばかりにエリクは言葉を続ける。

「朝昼夜に一本ずつ、そして深夜に倒れた時に一本、といった具合さ。このくらいの量だから、問題はないだろう？」

「一日に推奨量の四倍も飲んでいるのはもはや中毒です」

人差し指と親指で小瓶サイズを強調するエリクに、ヒストリカがため息をついて言う。

「ホノオダケ、というキノコをご存知で？」

「キノコは好きだけど、聞いた事はない」

「南方地方によく生えている猛毒キノコです。指でつまむ程度の量を摂取すると、全身の穴という穴から血を噴き出して一瞬にして死に至ります」

「恐ろしいキノコだね……聞くだけで、キノコが苦手になりそうだ」

「つまり量ではなく、身体との相性なのです。相性が悪いと、身体にとって猛毒になり得ます。エネルゲン・ドリンクも、推奨量を超えて日常的に飲んでしまうと、たちまちのうちに毒になってしまいます」

ヒストリカの言葉の強い説得力に、エリクは言葉を返す事が出来ない。

しばらく表情に葛藤を浮かべていたが、やがてこう呟く。

「……わかった、エネルゲン・ドリンクは飲まないよ」

「賢明なご判断、ありがとうございます」

「飲まなくても、三十分ほどしたら動けるようになるから……そうしたら、仕事に戻るとするよ」

「仕事？　させるわけないでしょう？」

絶対零度の声色でぴしゃりと言うヒストリカにエリクは一瞬ポカンとするが、すぐに抗議の言葉を口にする。

「いやいやいや、仕事はしないとまずいよ」

「いやいやいや、はこちらのセリフです。身体、倒れるほどお辛いんでしょう？　そんな状態のエリク様に仕事をさせるわけにはいきません」

「それは、そうかもしれない、けど……仕事は終わらせないと」

「絶対に今夜中に終わらせないといけない仕事ではないですよね？　先ほど、明日の朝中に処理したいと、願望のニュアンスで仰っておりました。つまり納期的に余裕はまだあると推測出来ます」

「……よく覚えてるね」

「一度聞いた事なので」

　つまり一度聞いた事は忘れない。

　さらっととんでもない事を言ってのけたヒストリカに、エリクはまだ反抗の意思を示す。

「でも、今までずっと、指定日の三日前に終わらせるようにしてきたから……その誓約を破る事は出来ない」

「でしたら、なおさら大丈夫ですよ。相手からすると、エリク様に対する信頼度は高い状態かと思うので、こういう時くらい通常の納期で提出しても問題ないと思います」

「しかし……」

「もう、聞き分けのない子供じゃないんですから！」

　痺《しび》れを切らしたようにヒストリカは声のボリュームを上げる。

「身体が不調の時に仕事をしても効率が悪いだけでしょう？　それよりも、ゆっくり寝て、休んで、万全の状態になってから仕事をした方が結果的に良い仕上がりになるかと存じます」

　言い聞かせるようにヒストリカは続ける。

「ここまで言って、それでもなお仕事をすると言うのであればもう実力行使しかありません。私の知識と全力を以《もっ》てしてお止めします」

「今日、初めて顔合わせに来たとは思えないくらい行動的だね……」

「堂々と素の私でいろと仰ったのはエリク様なので」

「ぐ……確かに」

エリクは腕を組み、しばらく悩み葛藤するような素振りを見せた。

しかし、やがて諦めたように息を吐いて。

「わかった、わかったよ……今日は仕事しない、休むことにする」

「よく決断なさいました」

ほっと、ヒストリカは安堵の息を吐く。もしこれでも仕事をすると言い始めた場合に取ろうと頭に浮かべていた行動プラン十個ほどを、ヒストリカはゴミ箱に放り込んだ。

「さあ、今日は休みますよ。まずは入浴へどうぞ。香水で誤魔化しているようですが、察するに何日も入浴をしていないのでは？」

「すっ……すまない、ここ数日本当に時間がなくて……」

「お気になさらず。私も貴族学校時代、テスト前は似たような状況でしたから」

「それは淑女としてどうなんだ？」

「もう昔のことですから。ささ、早く入浴して、歯も磨いて、ぐっすり寝ますよ」

ヒストリカの言葉——主に〝寝る〟という部分に、エリクがぴくりと肩を震わせたような気がしたが。

「……わかったよ」

と力無く、だが確かに頷いてくれるのであった。

◇◇◇

結局あの後、エリクは後からやってきた使用人の手を借りて浴室へ向かった。

その間に、ヒストリカは一旦自分の部屋に向かうことにした。

コリンヌの案内で入室するなり、実家の自室の軽く五倍の広さがある部屋に思わず目を細める。

まず目についたのは天蓋付きのキングサイズベッド。

いかにもふかふかそうで清潔感があった。

夫婦になって一緒に住むとなるとベッドも一緒なのでは？

という考えがふと浮かぶも、答えられる者はこの場にはいない。

鏡台も机も大きく、お化粧や勉強に不便は無さそうだ。

壁には一面にパステルカラーの花柄模様。天井にはたくさんの蠟燭《ろうそく》が刺さったシャンデリア。

日中は気持ちの良い陽《ひ》の光がこれでもかと差し込みそうな大きな窓。

貴族を通り越して王族のような部屋に目が回りそうであった。

「あっ、ヒストリカ様！」

きょろきょろと部屋を見回すヒストリカに、先に部屋に到着して引っ越し荷物の片付けをしていたソフィが声を掛ける。

「見てくださいよ、ヒストリカ様！　こんな広いお部屋……」

言葉を途中で切ったのは、ヒストリカの表情から不穏な気配を感じ取ったからだろう。

「何かあったようですね」

「ええ、あったわ、本当に色々」

ぽすんとベッドに腰を下ろす。

それからヒストリカは、先ほど応接間であった出来事をソフィに説明した。

「なるほど、そんな事が……来て早々、大変でしたね」

「本当に」

ふーと息をついて、ヒストリカは言う。

「控えめなサポート役に徹しようと思っていたのに、早々に差し出がましい動きをしてしまったわ」

——女のくせに出しゃばり過ぎなんだよ、お前は！

先日の夜会での、元婚約者から言い放たれた言葉を思い出す。先ほどの応接間でのヒストリカの振る舞いは、ヒーデル王国の風潮と照らし合わせると決して良いものではない。

ありのままでいて欲しい、とエリクは言っていたが内心では良い気分ではないだろう。

プライドが傷つき、早々にヒストリカとの婚約を後悔しているに違いない。

「ある意味、最高のサポートだったかもしれないですけどね」

「どこの世界に、仕事をしようとする夫を理詰めで妨害する妻がいるのよ」

ヒストリカは呆《あき》れの気持ちと共にため息を漏らした。

しかし不思議と、ヒストリカに後悔はなかった。

倒れてまで仕事をしようとするエリクはあまりにも辛そうだった。

だから、自分の意思決定は間違っていなかったと胸を張って言える。

それと……なんと言うのだろう。

自分の身体を壊してでも他者の要求に応えようとするエリクの姿が、他人事《ひとごと》とは思えなかった。

いつかの自分が重なったような気がして、放っておけなかったのだ。

「やってしまったものは仕方がないわね。今更しおらしく戻るのもおかしな話だから、このままの態度でいこうと思うわ」

それでまた今回の縁が破談になるなら仕方がない。

ヒストリカの意思表示に、ソフィは「それでいいと思いますよ」と穏やかな笑みを浮かべた。

「聞いた限りだと、ヒストリカ様の通常運転を受け入れてくれそうな方ですしね」

「……まだわからないわ」

そう、わからない。彼の本質を判断するにはまだまだ時間が足りない。

でもエリクは……素の自分を受け入れてくれるような気がした。

根拠はない、ただの直感である。

「何にせよ、旦那様があれほどまでに過剰な働き者とは思っていなかったわ。私がいなかったら、あのまま仕事に戻っていたでしょうね」

皮肉を込めたようにヒストリカは言う。あれではただの仕事中毒である。

あんなになってもまだ働こうとしていたエリクもエリクだが、周りの使用人も大概である。

立場上、強く意見を言えない部分はあるだろう。

しかし、主人の体調を慮《おもんぱか》るのも使用人の役目ではなかろうか。

ヒストリカの場合、実家にソフィが来てから身体を壊すことも無くなった。

父親から与えられた課題を完遂すべく無理しようとすると、ソフィに「だめです！　休んでください！」と強制的に机から引っぺがされベッドに連れていかれた。

鬱陶しさを感じていなかったといえば嘘になる。

だが、今こうして元気でいられるのはソフィのおかげでもあると確信を持って言える。

「ヒストリカ様？　何か私の顔についていますか？」

「いいえ」

ヒストリカが小さく顔を振る。

「貴方には世話になっているなって、思ってるだけよ。感謝しているわ」

「ええっ、もう、なんですかいきなり〜〜!!」

頬を両手で押さえ嬉しそうに身体をくねくね。

そのまま抱きついてこようとしたソフィを華麗な身のこなしで避《よ》ける。

ぶへっとベッドに顔からダイブするソフィを尻目にヒストリカは言った。

「さて……じゃあ私も、準備をしましょう。ソフィ、家から持ってきた枕は?」

「ちゃんとそちらのベッドの枕と取り替えております。お休みですか?」

「その前に入浴、それと……監視よ」

「ははあ、なるほど」

ベッドから顔を上げるソフィは合点のいった様子。そんな彼女に、ヒストリカは告げた。

「とりあえず、今から執務室に向かってくれないかしら? 私が入浴している間……」

「はい! 旦那様が仕事をしないよう、しっかりと監視いたします」

「ええ、よろしく」

無表情のまま、ヒストリカは頷いた。

◇◇◇

「休む、とは言ったものの……」

屋敷の主の寝処として充てがわれた、広い寝室。

ソファに腰を下ろした寝巻き姿のエリクがぽつりと呟く。

普通の人間ならとっくに夢の中にいる時間帯だが、エリクに眠気は訪れていない。

とはいえ、就寝する準備は万端だった。ヒストリカに言われて入った久方ぶりの風呂は随分と気持ち良く、ここ数日間身に纏っていた重い緊張感が洗い流されるようだった。

……入浴後、そそくさと執務室へ行くもすぐに、ヒストリカお付きの使用人ソフィとやらがやってきて「いけませんよ〜？　ヒストリカ様にすぐ寝ろって言われましたよね〜？」と、ピシャリと言われてしまった。

入浴後、こっそり仕事をしようとするだろうという自分の行動を見抜かれて派遣されたらしい。

当屋敷の使用人ならまだしも、ヒストリカのお付きとなると強く言うことも出来ず、否応《いやおう》なく観念したエリクはすごすごと寝室へ向かったのであった。

「……少々お節介焼きが過ぎるとは、正直思う、けど……」

――身体、倒れるほどお辛いんでしょう？　そんな状態のエリク様に仕事をさせるわけにはいきません。

自分の身を真剣に案じてくれた。その事実に、エリクの胸が温かくなった。

誰かに心配された経験など思い出す事も出来ないエリクにとって、ヒストリカの優しさはとても強い印象として刻まれたのであった。

ふと、先ほどの一幕を思い起こす。

——主がこんな状態だというのに何を悠長な事を言っているの!?

——もう、聞き分けのない子供じゃないんですから!

「あんな表情も、出来るんだな……」

どこか嬉しそうに、エリクは頷く。

婚約前、エリクは社交界でのヒストリカの評判や噂を収集した。

『氷の令嬢』『笑みなき鉄仮面』『無愛想で面白みのない令嬢』

出てくる評判はマイナスな印象のものばかり。

中には『男を言い負かして悦に入る加虐趣味者』だの『女のくせに出しゃばりたがり』だの、明らかに過剰に盛られたものもあった。

確かにぱっと見、表情は変わらないし物言いは淡々としており冗談も言わないためとっつき難《にく》い印象はあるかもしれない。

しかしいざ話してみたら、聡明な令嬢だとすぐわかった。

むしろ、自分の頭で考えしっかりと芯を持っている彼女が、エリクには魅力的に映っていた。

少なくとも、ただ位の高い男に取り入ることしか考えていない令嬢たちに比べるとよほど良い。

「婚約を持ちかけてみたのは、成功かもしれないな……」

まだちゃんと話したのは少しだが、早くもエリクはそう思い始めていた。

……別の部屋で、ヒストリカが『エリク様はきっと私との婚約を後悔しているに違いない』などと考えているなんて、エリクは想像もしていなかった。

しばらくエリクは、ソファでぼーっとしたあと。

おもむろにきょろきょろと辺りを見回し、誰もいない事を確認して。

「確認作業くらいなら、少しだけ……」

ソフィの目を盗んでこっそり執務室から持ってきた書類の一部——羊皮紙を何枚か鞄《かばん》から取り出した。

ゴワゴワとした羊皮紙の感触を指先に感じながら、エリクはほっと息を吐く。

仕事をしていないと、心がゾワゾワして妙に落ち着かないのだ。

早速、書類の一行目に目を通そうとしたその瞬間。

ガチャリ、と部屋のドアが開いた。

「ノック無しで失礼します」

そう言って入室してきたヒストリカと目が合う。

「あ」

「やっぱり」

エリクの手にある書類と思《おぼ》しき羊皮紙を目にして、ヒストリカは自分の予想が正しかったとばかりに頷く。

「ヒ、ヒストリカ……!?」

「まったく、困った旦那様ですね」

悪戯が見つかった子供のように狼狽《ろうばい》するエリクに、ヒストリカはため息をついて言った。

「今日はもう寝ますと、お約束したはずですが？」

エリクの手元の羊皮紙を見て、ヒストリカは温度の低い声で尋ねる。

「えっと、これはだね……!!」

明らかに挙動不審なエリクを、じーっと目を細めて見るヒストリカ。

「た、たまたま書類が寝室に落ちていたから、拾おうとしたんだ。ほら、羊皮紙が床に落ちてたら、滑って危ないだろう？」

じー。

「だから、決して仕事をしようと思ったわけでは無いというか、なんというか……」

じ――――――。

「…………はい、仕事しようとしてました。ごめんなさい」

「素直でよろしいです」

すっと、ヒストリカが目に込めていた圧を緩めた。

「しかし、この期に及んでまだ仕事をしようとするのは、感心しませんね。ソフィからも注意を受けたでしょう？」

「す、すまない……もう今日は仕事をしないと思ったものの、身体が勝手に動いてしまって……」

弁明するエリクはまるで、怒られてしょんぼりする子供のよう。

そんな彼の仕草を、ヒストリカはなんだか可愛らしいと思ってしまう。

「まあ、いいです。今までの習慣として身体に染み付いているのでしょうから、急に変えろと言われても自分の意志だけでは難しいものがありますよね」

ゆっくりと頭を下げてヒストリカは言った。

「私の配慮不足でした、大変申し訳ございません」

「そんな、君が謝る事じゃないよ。むしろすまない、約束を反故《ほご》にしてしまって……」

申し訳なさそうに目を伏せ謝罪の言葉を口にするエリク。

どこぞの婚約者と違って、しっかりと自分の非を認めるあたり誠実な人なんだなと思った。

「……怒ったかい？」

無言のヒストリカに、エリクが恐る恐る尋ねる。

逆です、感心していました。

と言うのも上から目線になりそうと判断し、ヒストリカは言葉を続ける。

「全く怒ってませんので、ご心配なく。ですが、私が来たからには今日はもう、就寝するしか選択肢はないと思ってください」

「そう、だね……そうなんだろうけど……」

肯定しつつも歯切れの悪いエリクに、ヒストリカは眉を寄せる。

何か隠しているような、言いたい事はあるけど言い出せない、みたいな。

そんな気配を感じ取った。ただ、これ以上エリクを起こしておくわけにはいかない。

「ほら、早くベッドに行きますよ」

ヒストリカが促す。しかし、エリクが動く様子はない。

「エリク様？」

「……眠れないんだ」

ぽつりと、エリクが言葉を溢す。

「眠れない、とは。文字通りの意味ですか？」

「ああ」

こくりと、エリクが力無く頷く。

「実はもう、かれこれ一週間ほどずっと起きっぱなしなんだ。ベッドに寝転がっても、布団に包《くる》まっても、眠りに落ちない。最後に寝たのは仕事中の机の上だ。寝た、と言うよりも気絶に近いかもしれないけどね」

どこか自嘲気味に話すエリクに、ヒストリカは真面目な顔で尋ねる。

「元々、寝られない体質、という事ですか？」

「そういうわけではないんだが……」

バツが悪そうに頬を掻《か》いてエリクは続ける。

「元々は人並みに寝ていたんだ。仕事が忙しくなって、寝る暇がなくなって、エネルゲン・ドリンクを飲んで無理やり起きていたら、だんだん寝られなくなっていった。仕事が落ち着いて時間が出来ても、ずっと目が冴《さ》え渡っていて、寝られなくて……」

「なるほど」

ふむ、と顎に手を添えてヒストリカが考え込む。

「寝る、という話をしている時に、何やら気まずそうだったのはそれが原因だったのですね」

エリクは居心地悪げに目を逸《そ》らした。

「だから、本当に申し訳ないのだけれど……仕事をさせてくれないかな？　流石に眠れないのにボーッとしているのは、時間が勿体ないからさ」

「わかりました」

「わかってくれたのなら、何よ……」

改めて書類に伸ばそうとするエリクの手を、ヒストリカがペシッと叩いた。

「ヒストリカ？」

「支度してきますので、少々お待ちを」

「支度……？」

そそくさと退室するヒストリカ。

彼女の意図がわからず、エリクが頭上に疑問符を浮かべていると。

「ただいま戻りました」

「…………は？」

しゅびっと戻ってきたヒストリカを見て、エリクは思わず間が抜けた声を漏らした。

ヒストリカの脇に、どーんと大きな枕が挟まれていたからだ。

「もしかして……」

エリクが汗を垂らして呟くと同時に、ヒストリカはなんの澱《よど》みもない表情で言った。

「一緒に寝ますよ、エリク様」

「待て待て待て待て」

大きな枕を脇に挟んで言い放つヒストリカに、エリクは掌を差し出して言った。

何か？　と言わんばかりに首を傾げるヒストリカに、エリクは尋ねる。

「一旦確認させて欲しいんだけど、一緒に寝るって……誰と誰が？」

「私と、エリク様がです」

「なぜ？」

「それが、エリク様を就寝へと誘《いざな》う最善手だと考えたからです」

やっぱりわけがわからないと言わんばかりの表情をするエリク。そこでヒストリカはハッとした。

「申し訳ございません。説明が抜けておりました」

「急に積極的になるから、びっくりしたよ」

苦笑するエリクに、ヒストリカが続ける。

「私の知識と照らし合わせると、今のエリク様はおそらく『自律神経失調症』という病気にかかっているのかと」

「ジリツシンケ……なんだって？」

「自律神経失調症です。隣国で発見された病気ですね」

そう言って、ヒストリカは言葉を続ける。

「まず前提として、人間には二つの大きな線が通っています」

「二つの、大きな線？」

「はい」

指を一本立てて、ヒストリカは説明する。

「一つは交感神経と呼ばれる線。興奮した時……走ったり、仕事に追われていたりと、何かしらストレスがかかった時に機能する線です。心拍数が上がったり、汗をかいたりするのは、その線が活発になっているからです」

もう一本指を立てて、ヒストリカは続ける。

「もう一つは副交感神経と呼ばれる線。交感神経とは逆に、寝ている時やお風呂に入っている時など、身体を休めている時に機能する線です」

「それは……初めて聞く単語だね。人間の身体にそんな線が入っているなんて、聞いた事がない」

「その線は目に見えないくらい細いらしいので、私も本の知識でしか知りません。この国ではまだ、神経の概念が広まっていないため、私の話は荒唐無稽に聞こえるかもしれませんが……」

「信じるよ」

ヒストリカの目をまっすぐ見て、エリクは言う。

「何せヒストリカは、僕が貧血で倒れた時もその豊富な知識で処置を施し、すぐさま回復させてくれた。それに、君がくだらない嘘をつくような人間じゃない事はわかってる。だから、信じる」

「……ありがとうございます」

今まで、自分を肯定される機会に乏しかったヒストリカの口から、自然と感謝の言葉が漏れてしまう。

「それに、いい加減僕もこの不眠症にはうんざりしていたんだ。色々な医者に診てもらって、薬を貰ったりしたけど、治らなかった。だから、少しでも回復の糸口が欲しいんだ」

それで？

と、エリクが続きを目で促す。

「えっと、本来であれば夜になると自動的に副交感神経が優位になって、身体がリラックスしていき眠る事が出来るはずなのです。しかし、エリク様の場合は交感神経の方、つまり興奮作用がある方の線が常に活発なままなので、不眠になったのだと推測します」

「つまり……」

しばし黙考してから、エリクは言葉を口にする。

「ずっと仕事に追われて常にストレスを受けていたせいで、交感神経とやらがずっと興奮状態のままになって、副交感神経への切り替えがうまくいかなかった、という解釈で合ってるかな？」

「理解が早くて助かります」

感心したように頷いた後、ヒストリカはジト目で言う。

「あとは、興奮作用を高めるエネルゲン・ドリンクの飲み過ぎも原因かと」

「うっ……」

エリクが居心地悪そうに目を逸らす。

ヒストリカは小さく息をついた。

「飲み過ぎたら毒になる典型例ですね」

ヒストリカが言うと、エリクは微かに目を丸くする。

「纏めると、エリク様は自律神経失調症の典型症状を引き起こしております。交感神経の活動を抑えて副交感神経を優位にさせないと、どんどん身体がボロボロになって、それで……」

微かに目を伏せて、ヒストリカは言った。

「最悪の場合、死に至ると考えられます」

エリクが息を呑んだ。ただでさえ血色の悪い顔から、さーっと血の気が引いていく。

「………僕は、どうすればいい？」

震える声で尋ねると。

「ご安心を。この病気は治らないものではありません。ようするに、交感神経が優位になっている今の状態を、副交感神経優位にすれば良いだけです」

「つまり……休めと？　でも、寝ようとしても全然寝られないから、どうしようもないんじゃ」

「そこなんですよね。なので、少し荒療治にはなりますが」

そう言って、ヒストリカはスタスタとエリクのベッドに歩み寄る。

それからエリクの枕の隣に自分の枕を置いてから、ベッドの脇に腰掛けた。

そして、ぽんぽんと自分の横のスペースを叩く。

ここに座って、というジェスチャーだと察して、エリクもベッドに腰掛けると……。

「失礼します」

ぎゅ……と、ヒストリカがエリクの背中に両腕を回してきた。

「なっ……なななっ……なっ!?」

突然ヒストリカに抱き締められて、エリクの頭が真っ白になる。

お腹《なか》と胸の辺りを包み込むじんわりと温かい感覚。

脳がクラクラしそうなほど甘い匂い。

繊細な髪先が鼻先を撫《な》でてくすぐったい。

体格の差で、ヒストリカはすっぽりとエリクの胸に収まっていた。

「ヒ、ヒストリカッ……？　急に何を……」

「治療行為です」

見方によっては恋人の甘い時間のはずなのに、ヒストリカの声の温度は相変わらず低い。

「副交感神経を活発化させるには、温かい飲み物を飲む、ストレッチをする、入浴をして身体を温めるなどがございます。しかし入浴を済ませても眠気が来ないあたり、ちょっとやそっとじゃ活発にならないようなので、現状すぐに出来るものとして抱擁を選択いたしました」

「こ、これで副交感神経を活発化出来るのか？」

「人の温《ぬく》もりを感じる事も該当するらしいです。そもそも抱擁は物凄い健康効果を発揮するんですよ。癒しや安らぎを得られて、ストレスのほとんどが消え去ってしまうという研究もございます」

「君のその知識は一体どこから……」

「細かい事は後で話しましょう。とりあえず今は、目を閉じて、力を抜いて、私に身を預けてください」

「わ、わかった……」

言われた通り、エリクは瞼を下ろし、全身から力を抜いた。

訪れる、静寂。衣擦《きぬず》れの音、自分以外の吐息。熱、鼓動、それから、柔らかい感触。

目を閉じた事によってくっきりと感じられるそれらの感覚は、エリクの心に平穏をもたらした。

「……いかがですか？」

「なんだか、落ち着く……」

言葉の通りだった。

とく、とく……とどちらのものかわからない鼓動が心地よい。

頭の中がふわふわして、そのまま空へと昇ってしまいそうだ。

胸をじんわりと溶かすように広がっていく多幸感。なぜだか、瞼の奥が熱くなる。

ヒストリカの言う通り、ここ最近ずっと緊張状態だった精神に安らぎが訪れていた。

(……人の体温は、久しぶりだな)

そんな事を思いつつ、まるで子猫が温かい場所を求めるように、エリクもヒストリカの背中に腕を回す。

「……んっ」

びくりと、ヒストリカの身体が跳ねた。

「すっ、すまない……嫌だったか？」

ハッと目を開けて、慌てて手を離す。

「……いえ、お気になさらず。少し驚いただけです」

ヒストリカの表情は見えない。だが声は平坦《へいたん》で、動揺は窺えなかった。

「そうした方が、より温もりを感じられると思うので、遠慮はいりません」

「そ、そうか……じゃあ……」

再び、エリクはヒストリカの背中に腕を伸ばす。

そのまま、ヒストリカの身体を抱き締める。

今度は静かに受け入れられた。女性の平均より身長は高く、どこか頼り甲斐《がい》を感じたヒストリカの体躯は思った以上に細くて、力を込めたら折れてしまうんじゃないかという脆《もろ》さを感じた。

微睡《まどろみ》を感じたのはその直後だった。意識が朧《おぼろ》げになって、視界がぼんやり遠くなっていく。

——とん、とん。

ヒストリカが、背中を優しく叩いてくれた。まるで、母親が幼子をあやすように。

「子供、扱い……しないでくれ……」

「してませんよ、あくまでも治療です」

相変わらず淡々と言うヒストリカの声がどこか遠くに聞こえる。

もはやエリクは、何か言葉を口にする思考力さえ失っていた。

背中にヒストリカの掌の温かさを感じながら、エリクは意識を深闇の底に手放した。

◇◇◇

（…………少し、びっくりしました）

ベッドの上。

エリクを抱き締めたまま、ヒストリカは心の中で呟く。

先ほど、エリクの方から抱き締められた感覚が今もなお背中に残っていた。

そもそも異性とこのように密着するなんて初めての経験だったので、少し感情が乱れてしまったことは否定出来ない。

とはいえ治療行為という当初の目的は変わっていない。

エリクを抱擁するという行為に対しヒストリカは至極真面目な姿勢で、すぐに平静を取り戻した。

「……エリク様？」

尋ねるも、返ってくる言葉は無い。

代わりに、控えめで規則正しい寝息が聞こえてきた。

（……眠ってしまわれましたか）

ほっと、ヒストリカは小さく息をついた。

随分な荒療治だったが、無事エリクの中で副交感神経が優位になってくれたらしい。

普段、眠りに入るまでどのくらいかかるのかはわからないが、随分と早い入眠に思えた。

ここ一週間は碌《ろく》に寝られていないと言ってたし、目元に深く刻まれた濃いクマから察するに相当疲れが溜まっていたのだろう。

副交感神経優位に切り替えさえすれば、眠りに落ちるのは容易だったはずだ。

自分の腕の中で無防備に眠るエリクを感じると、不思議と胸の辺りがじんわりと温かくなる感覚がする。

それがどんな感情なのか、ヒストリカにはわからない。

（細い……）

エリクの身体を抱き締めていて、改めて思う。

女である自分がちょっぴり嫉妬してしまいそうなほど、エリクの身体は細い。

悪く言うと、頼りなかった。だがエリクの身体の華奢《きゃしゃ》さが、仕事に追われて食べる間も無かった故の結果だと思うと胸にちくりと痛みが生じた。

食生活は健康な身体を形作る大事な要素だ。

こんなにもボロボロになるような食生活は、明らかに健全とは思えなかった。

（エリク様の食生活の見直しも、目下の課題ね……）

そんな事を思った。

このままの体勢で朝まで過ごすのは、筋力に自信があるヒストリカでも流石に腰周りが爆発してしまうので、エリクをベッドに寝かせる事にする。

身体を少し後ろに下げて、エリクの頭がちょうど自分の肩にもたれかかる体勢に。

それからそーっと、エリクを少しずつ自分の身体から離してベッドに横たえた。

エリクは一瞬、「ぅん……」と眉を顰《ひそ》めたが、やがて何事もなかったように寝息を再開する。

どうやらまだ、寝入りが浅いようだった。

エリクに毛布をかけたあと、静かにベッドから降りる。

それからそろりそろりと部屋を回って、明かりを落とした。

エリクの睡眠を邪魔しないよう、そのまま自分の部屋に戻るという選択肢が頭に浮かんだが、一緒に寝ると言った上に、夫婦になったにも拘わらず一緒に寝ないというのもおかしな話だ。

部屋を分けたのは、不眠症で睡眠を滅多に取れないエリクなりの気遣いか何かだろうとヒストリカは察した。

真っ暗闇の中ベッドに戻り、エリクの隣に潜り込むヒストリカ。

間近で自分以外の寝息がするというのは、なんとも不思議な感覚だった。

身を横たえると、程よい疲労感と眠気が訪れる。

(今日は、色々な事があったわ……)

ぼんやりとした思考の中で、思い返す。

実家を出て、あれよあれよという間にエリクの屋敷に来て。

醜悪公爵と敬遠されるエリクと顔を合わせて、あの日助けた男性だと知って。

噂とは違う、彼の人となりをこの目で見た。

少なくとも、悪い人ではないとは思う。

だがヒストリカの内心はまだ警戒を緩めていない。

この国の男尊女卑の風潮で酷《ひど》い目に遭ったヒストリカは、出来る限り前に出ようとはせず、エリクの二歩ほど後ろに下がっていようと思っていた。

エリクと過ごした時間はまだ二十四時間にも満たない。

人間には裏表があって、エリクもいつ裏の部分――ハリーが持っていたような側面を出してくるかわからない。

自分の身を守るため、警戒するに越した事はなかった。

といった、ネガティブな心境はありつつも。

（エリク様は、私と同じ……）

周りの環境に、あまり恵まれなかったのかもしれない。

そんなシンパシーも抱く自分もいた。

そうこう考えているうちに、いつの間にかヒストリカは眠ってしまっていた。

第二章　テルセロナ家での一日

ヒストリカの朝は早い。

山の間から太陽が少しずつ姿を現す時間に、ぱちりとヒストリカは目を覚ました。早朝に起きた方が勉強の効率が良いからと、幼少の頃から早寝早起きを義務付けられた賜物《たまもの》である。

「ん……」

上半身を起こしてググッと伸びをする。

頭はスッキリしていて、疲労感は無い。

家から持ってきたマイ枕のおかげか。

それとも、実家では勉強漬けでよく机で寝ていた事から習得した、どこでも睡眠出来る能力のおかげか。

おそらく後者のような気がした。

横に視線を向ける。この屋敷の当主にして昨日、旦那様になった男性——エリクが、すーすーと静かな寝息を立てていた。

寝相は良い方らしく、布団が乱れている様子はほとんどない。

しばらくじっと、エリクの顔を眺める。

（この人が、私の旦那様……）

そう思うと、妙な心持ちになった。

つい先週、衆人の前でこっぴどく婚約破棄を食らわされ、もう一生自分には貰《もら》い手《て》がないだろうと諦めていた矢先の婚約の話だったので、まだ心が追いついていないのだろう。

相変わらずエリクの目元のクマが濃いが、顔色は昨日よりも良くなっているように見えた。

頬は痩《こ》けてげっそりしているが、これはおそらく栄養不足と疲労的なものが原因で生活習慣を見直せば改善するものに思える。

ボーボーに伸ばしっぱなしの髭《ひげ》は剃《そ》ればいいし、髪もちゃんとセットすればなかなかの美丈夫になりそうな……。

（……って、朝っぱらから何を考えているの）

頭を振る。

とりあえず、エリクは想像以上の疲労を溜《た》め込んでいると思うので、自然に目覚めるまで起こさない事に決めた。

静かにベッドから降りて、部屋を出る。

とりあえず身なりを整えなければと、自室へ足を向けた時。

「おはようございます、ヒストリカ様！」

どこからともなく、メイド服をきちんと着こなしたソフィがやってきた。

「おはよう、ソフィ。いつも通りの時間ね」

「ヒストリカ様の起床時間はバッチリ把握してますので！」

朝陽《あさひ》にも負けない笑顔でソフィは言う。

しかし一転、ニヤニヤ顔を近づけ尋ねてきた。

「昨晩はお楽しみで？」

「そういうのは無いから」

「嘘《うそ》だー。婚約を結んだ男女が夜に一つの部屋で二人きり！　何も起こらないわけ無いじゃないですかー」

「本当に何も無いから。あ、でも……」

「なんですなんです？」

「強いて言えば、治療行為をしていたわ」

「チリョウコウイ？」

頭上にハテナを浮かべるソフィに、昨晩の一連の出来事を説明する。

説明するにつれて、ソフィの表情から能天気な色が消えていった。

「ははあ、なるほどそれはまた……思った以上に、エリク様のお身体《からだ》の具合が芳しく無いようですね」

「ボロボロよ。というわけで、しばらくは私がエリク様の生活の見直しをはかる事にしたわ」

「なるほどですねー」

にこにこと、微笑《ほほえ》ましいものでも見るようなソフィ。

「……何よ?」

「いや、なんだかんだでヒストリカ様って、エリク様の事を好いてらっしゃるんだなって。安心しました」

「好いてるかどうか……は、今の時点では判断つかないわ」

そう、判断はつかない。

ただでさえヒストリカは、自分の感情を汲《く》み取るのが苦手だ。

故に、現時点でエリクに対しどのような気持ちを抱いているかなどわかるわけがなかった。

「とにかく、このまま放っておいたらいつパッタリ逝ってしまわれるか、わかったもんじゃないから、やれる事をやろうと思っただけよ」

「婚約破棄に次いで夫にも先立たれるのは流石《さすが》に笑えないですからね……」

「そういうこと。ところで、朝食の準備は?」

「私は先に済ませております。ヒストリカ様の分も作ってあるかと」

「なるほど。エリク様の分は?」

「それなんですが……」

言いにくそうにソフィは口を開く。

「エリク様は朝食を食べないようでして、普段は特に作っていないようです」

「……なるほど」

ヒストリカはもう、それはそれは大きなため息をついた。

顎に手を添え少し考えてから、ソフィに尋ねる。

「エリク様の苦手なものは、把握してる？」

「はい！　調理担当さんに聞いて、一通りは」

「流石ね。それじゃあ……」

自室への歩みを再開して、ヒストリカはソフィに言った。

「身支度の後、調理場に案内してくれないかしら？」

◇◇◇

エリクの朝は早い。

と言いたいところだが、大体朝まで起きているため早いも遅いもない。

しかし今日は珍しく夜に入眠する事が出来た。

ここ最近ずっと不眠気味で疲労が溜まりに溜まっていたため、眠りも深かった。

ヒストリカが起床して二時間後くらいに、ばちいっとエリクは目覚めた。

「仕事が!!」

ガバッと起き上がって、仕事の悪夢でも見ていたような言葉を発するエリク。それからきょろきょろと部屋を見回した後、椅子に座って本を読んでいるヒストリカと目が合った。

「おはようございます、エリク様」

「……仕事は？」

「エリク様の朝の挨拶は『仕事』なのですか？」

「ああ、いや……おはよう」

「はい、おはようございます」

ぺこりとヒストリカは頭を下げた後、尋ねる。

「ご気分はどうですか？」

「昨日と比べたら頭がスッキリしてて、身体が軽くなった気がする……まだちょっと気怠《けだる》い感じはあるけど」

「そうですか。全快とは言えずとも、睡眠によってある程度回復したようですね」

「うん、それは間違いない、ね……」

言い淀《よど》んだのは、昨晩のことを思い出すと顔が熱くなったからだ。

とはいえ、ヒストリカの提案が良い方向に転がったのは確かなこと。

その感謝をエリクが伝えようとすると。

「では、まずこちらを」

ヒストリカがエリクに大きめのコップを差し出す。

中には透明な液体が入っていて、ほのかに湯気が立っていた。

「これは？」

「白湯《さゆ》です」

「さゆ……」

「熱めのお湯ですね」

ピンと人差し指を立ててヒストリカは言う。

「寝起きに白湯を摂《と》るのは、寝ている間に失った水分を補給出来たり、身体の温度を上げて血の巡りを良く出来たりと、良い事尽《ず》くめなんですよ」

「へええ、そうなんだ。熱めのお湯にそんな効能が……」

感心の息をつきつつ、ヒストリカからコップを受け取って口をつける。

白湯の温度は少し熱いくらいでごくごくと飲み干す事が出来た。

「いかがでしょう？」

「……なんだか身体が熱くなってきて、力が湧いてきている気がする」

「今まで飲んできてない分、実感は凄《すご》そうですね」

どこかぼんやりしていたエリクの瞳に光が宿った。

ベッドから降りて、エリクは言う。

「ありがとう。おかげで気分がスッキリしたよ」

「それは何よりです」

「さて、じゃあ僕は仕事に取りかか……」

「何言ってるんですか」

「ぬおっ」

ぐいっと腕を引かれてエリクから変な声が出る。

何をするんだ、とエリクが抗議の目線を送るも、ヒストリカはぴしゃりと言った。

「起きて朝食も食べずに仕事に取り掛かるなんて、正気ですか？」

「いや、しかし、そもそも僕は朝食を摂らな……」

「存じ上げております。ですが、それはいけません。朝食を摂る事は、その日の活動をより良くするために重要な事なのです。朝食を抜いて頭脳労働に励むのは効率が悪いですし、身体にも響きます」

「む……しかし、朝食を摂る分、仕事をする時間が……」

「昨日、確認したはずです。現状の納期を考えると、身体を酷使してまでする必要は無いと。それに、朝食を摂って仕事に臨んだ方が、摂らなかった場合に比べて早く仕事を終わらせる事が出来ると思います」

「むむ、そうか……」

腕を組み、エリクはうんうん言っていたが、やがて「ヒストリカがそう言うなら……」と、朝食を摂る事に同意してくれた。

昨日、悩みの種だった不眠を解消した経緯もあって、ヒストリカが口にする知識にある程度の信頼を置いてくれているようだった。

「ありがとうございます。ああでも、その前に」

どこから取り出してきたのか動きやすそうな服を手に、ヒストリカはエリクに言った。

「まずは、陽の光を浴びましょう」

◇◇◇

「まさかこの歳《とし》になって朝に散歩するなんて、思いもしなかったよ」

気持ちの良い朝の太陽の下で、エリクがぼやく。

テルセロナ公爵家は最上位貴族という事もあり、その屋敷の敷地も広大である。

朝に散歩をするには広すぎる庭を、ヒストリカはエリクと並んで歩いていた。

「朝陽を浴びながら散歩するのは、体内時計を正常に戻して睡眠のリズムを整える効果があるんですよ」

「タイナイドケイ？　身体の中に時計があるのか？」

「時計というのは例えですね。通常、人は朝になったら目覚め、夜になったら眠くなります。それは、体内時計がうまく機能している証拠なのです」

「なるほど……なんとなく理解した」

「エリク様はおそらく体内時計も壊れているので、朝陽を浴びる事で正常に戻さないといけません」

「た、確かに、夜になっても全く眠くならない日が続いていたからね……」

遠い目でエリクは言った。

ちなみに今のエリクは素顔をそのまま見せている。

部屋を出る際に仮面を被《かぶ》ろうとしていた。

「私の前で被る必要はないでしょう、それに視界も悪いですし、何かに躓《つまず》いたらどうするんですか」

というヒストリカの言葉を受け入れた形である。

しかし昨日と違って、ボーボーだった髭は綺麗《きれい》さっぱり消え去っていた。

散歩に出る前、顔を洗うついでに剃った次第であった。

相変わらずげっそりした面持ちだが、髭がなくなった分何歳か若返ったように見える。

「散歩の効果は他にもありますよ。歩く事によって下半身の血の巡りが良くなり、頭も活性化します。心なしか、いつもより頭がスッキリしている感じがしませんか？」

「確かに言われてみると、目が冴《さ》え渡っている気がする……」

そう言ってエリクは、腕をググッと伸ばして大きく深呼吸した。

「うん……気持ちいいね」

「そうでしょう？」

表情に笑みを灯《とも》すエリクに、ヒストリカは心なしか弾んだ声で返した。

しばらくぶらぶらと庭を散歩していると、前方の草陰からガサガサッと物音が聞こえてきた。

（野生動物かしら？）

そう思っていると、エリクがすっとヒストリカの前に守るように立った。

「え……」

エリクがしそうな行動のパターンとして想定していなかったため、ヒストリカは抜けた声を漏らす。次の瞬間、草陰から一際大きな音と共に一匹の動物が出てきた。

「なんだ、君か」

エリクがホッとしたような声を上げる。

にゃあんと、なんとも気の抜けた鳴き声を聞いて、ヒストリカはエリクの身体の横からひょこっと様子を窺《うかが》った。

「ねこ……」

ヒストリカが呟《つぶや》く。

白くて毛並みの良い、一匹の猫が二人の前でぺろぺろと毛繕いしていた。

「お知り合いですか？」

「うん。どれくらい前かな。確か、一年くらい前からこの屋敷に住み着いてる猫だよ」

「なるほど」

公爵家の屋敷となると、普通は王都にほど近いところに建てられる。

しかしテルセロナ家の屋敷はまるで隔離されているかのように、王都から離れた山に近い場所に位置している。

その山から迷い込んだ猫が、そのまま住み着いたのだろうか。

見たところどこかの誰かみたいに痩せこけてはなく、むしろふくよかな身体をしているので、使用人か誰かが餌でもあげているのかもしれない。

「触っても、大丈夫でしょうか」

「むしろ、触って欲しそうにしてるね」

白猫はごろんと横になりお腹《なか》を見せていた。

そろりそろりとヒストリカは白猫に近づき、膝を折り曲げる。

それから、そーっと手を、白猫に伸ばした。

撫《な》で、撫で。

「ふわふわ、しています……」

「そりゃ、猫だからね」

人差し指で顎をよしよししてあげる。

すると白猫は頭をのけぞらせて気持ちよさそうに喉を鳴らした。

「可愛《かわい》い……」

自然と、感想が口から漏れる。

すると、白猫の方から顔を指に擦《こす》り付けてきた。

その柔らかい手触りに、見る者全てを無条件に虜《とりこ》にする可愛らしさに。

これまでピクリとも動かなかったヒストリカの口角が、微《かす》かに持ち上がって——。

「いかがなさいました？」

視線を感じて顔を上げると、エリクが目を丸くしていた。

「いや……そんな表情も出来るんだな、って」

「どんな表情ですか」

自分の表情が変化していた自覚のなかったヒストリカは小首を傾《かし》げる。

すでにヒストリカの表情は元の無に戻っていた。

エリクは問いには答えず、困ったように肩を竦《すく》める。

気になったが、そこまで掘り下げる興味も湧かないので話題を変える。

「この子の名前は？」

「特に無いと思うよ」

「なるほど」

優しく白猫の頭を撫でながら、ヒストリカは空を見上げ思案に耽《ふけ》る。

すると、ハッと何かを閃《ひらめ》いたみたいに目を見開いて言った。

「じゃあ、『くも』で」

「まさかとは思うけど、この猫は白い、雲も白い。だから『くも』、とか言わないよね？」

エリクが言うと、ヒストリカは「よくわかりましたね」と目を丸くした。

「本気かい？　蜘蛛《くも》という虫と被るだろう？」

「猫と蜘蛛は別だという事は一目でわかります。雲は白い、これは人間の共通認識です。この猫ちゃんも白い。ゆえに、『くも』と名付けることになんら問題ありません。さっき空を見上げた時に白い雲が目に入って、これだと思いました」

表情を変えず淡々と言うヒストリカはどこか得意げだ。

どうやら本気で言っているようだ。

「なるほど。とりあえず、君のネーミングセンスが少しおかしいという事はわかった」

「むう、だめですか……」

不服そうに眉を寄せるヒストリカの仕草が妙に子供っぽくて、エリクは思わず吹き出してしまう。

「何笑ってるんですか」

「ごめんごめん。ちょっと、おかしくって」

「そんなに笑うのでしたら、何か代案をください」

「代案か、代案……うーん……」

　エリクが腕を組んで考えようとすると。

「あっ……」

　急に猫は立ち上がって、そそくさと走り去ってしまった。

「行っちゃいました」

「猫は気まぐれだからね」

　エリクが言うと、ヒストリカは残念そうに息をついて立ち上がる。

「そろそろ戻りましょうか」

「うん、そうだね。もうお腹ペコペコだよ」

　そう言ってお腹をさするエリクに、ヒストリカは口を開く。

「あの……」

「ん？」

　先ほど、守ってくれようとしてくださって、ありがとうございました。

　そんな言葉が頭に浮かんだが、わざわざ言うのも変かと思って引っ込める。

「……いえ、なんでもありません」

「……？　そう？」

こほんと、ヒストリカは誤魔化すように咳払《せきばら》いした。

◇◇◇

屋敷に戻って食堂へ。

「朝食はこれだけかい？」

テーブルに並べられた朝食を見て、エリクが純粋な疑問を投げかける。

「はい。食べすぎると眠くなりますし、胃腸に負担がかかって疲れるため、このくらいがちょうど良いと考えます」

トースト一枚に、スクランブルエッグ、トマトサラダ、野菜たっぷりのコンソメスープ。

ヒストリカの言う通り、控えめなラインナップの朝食だった。

「エリク様が起きる前に朝食をいただいたのですが、明らかに量が多すぎでした。なので私の提案で、量を調節していただいた次第です」

「なるほど」

納得したようにエリクは頷《うなず》いた。

それから食前の祈りを捧《ささ》げて、エリクは朝食を食べ始める。

「美味《おい》しい……」

トーストを一口齧《かじ》って、エリクは頰を綻ばせた。

薄く塗ったバターにはちみつをかけたトーストは、糖分が不足している朝一番の身体にじんわり染み渡った。

「良かったです。頭脳労働に必要な栄養……糖分を多めにしております」

「確かに、仕事中は甘いものが欲しくなるからね」

次にスープをひと啜《すす》り。

「うん、このスープも美味しい。なんだか、優しい味がする」

「……良かったです」

どこか安堵《あんど》するように、ヒストリカは息をついた。

その所作から何かを察したエリクが尋ねる。

「もしかして、これは君が作ったのか？」

「はい。エリク様が起きるまで特にする事も無かったので、久しぶりに料理をしてみました。と言ってもスープなので、料理といえるほど大層なものではありませんが」

そう言った後、ヒストリカは解説を口にする。

「エリク様は野菜があまり得意ではないとお聞きしたので、スープにすることにしました。キャベツヤ白菜、にんじんなどの野菜を中心に、身体に良くて胃に優しいものを具材として選んでおります」

「なんともありがたい心遣いだ……」

「本当は生のまま食べるのが一番なんですけどね。加熱してしまうと、摂取出来る栄養が少なくなってしまうので」

「うっ……」

エリクは明らかに嫌そうな顔をした。

悪戯《いたずら》がばれた子供みたいに目を逸《そ》らして言う。

「ぜ、善処するよ……」

話題から逃げるように、エリクはスクランブルエッグにフォークを伸ばした。

◇◇◇

あっという間に、エリクは朝食を平らげた。

「ぱっと見た感じ量が少なく思えたけど、このくらいがちょうどいいな」

空になったお皿たちを前にエリクが言う。

「今までの朝食が重たすぎたんですよ。その日一日を元気に過ごすための朝食なのに、その朝食で胃腸を酷使して疲れていては本末転倒です」

「確かに。それもあって、朝食を抜きがちになったのはあるからね……」

何か思い出したのか、エリクは胸焼けしたように顔を顰《しか》めた。

裕福な貴族の間では、とにかく毎食ひたすら量を食べることが善とされる慣習がある。

酷《ひど》い時には限界まで食べた後に嘔吐《おうと》して再び食べる、なんて事をしている者もいるらしい。

貴族にとって、食事の量というのは富の象徴であった。

しかし身体にとっては、過剰な食事は毒になりかねない。

その人に合った適切な量で、バランスの良い食事を摂る事が重要だ。

「いやでもまさか、料理も出来たんだね」

感心したようにエリクが言う。

「料理自体は貴族学校の授業で習いました。何かの役に立てたらとレシピも頭の中に入れていたので、その通りにしているだけです。変なアレンジや我流に走らなければ、そう失敗することはないですから」

「なるほどね。いやーでも、本当に美味しかった。凄いよ、ヒストリカは」

率直な感想をエリクが言うと、ヒストリカは目をぱちくりして固まった。

「どうしたの？」

「いえ……料理を褒められたことは初めてで……」

どこか居心地悪そうに、ヒストリカは視線を迷子にした。

「親御さんは褒めてくれなかったのか？」

「あの人たちは……そもそも私の料理なんて、興味ないですし」

エリクが投げかけた純粋な疑問に対し、温度の低い声でヒストリカは答えた。

「あの人たちに振る舞っても、そんな暇があるなら勉強しろと怒られるのが予想出来たので、しなかったです。家でも何度か作った事がありましたが、自分で食べていました」

「……そっか」

実の親に対しどこかよそよそしく、乾いた気配を感じ取ったエリクは、小さく呟く。

「色々、あったんだね」

「あった、のでしょうか」

相変わらず、なんの感情も浮かんでいないような表情で考えてから、ヒストリカは言う。

「そうかも、しれません」

「そっか。まあ、気持ちは、わかるよ」

エリクの返答に対し、喉まで出かけていた言葉をヒストリカは飲み込んだ。

どういう意味ですか、と聞くにはもう少し、エリクと関係を深める必要がありそうだった。

◇◇◇

朝食後、応接間に移動してソファに座る。

それから使用人のコリンヌが持ってきたコーヒーを二人で飲んだ。

「コーヒーに含まれているカフェインには、胃液の分泌を促す効果があって消化をスムーズにさせるので、食後に飲むのに最適なんですよ」

「へぇえ……そうなんだ。なんとなく、食後はコーヒーという雰囲気で飲んでいたんだけど、ちゃんとした効能があるんだね」

「そうです。もっとも、飲み過ぎると胃酸が分泌され過ぎて胃が荒れてしまい、胃痛を引き起こしてしまいますが」

「な、なんにせよ摂り過ぎ注意ってことか」

「そういう事です」

そんな会話をしつつ、コーヒーも半分ほど飲み進めたあたりでエリクが切り出す。

「改めて、お礼をさせて欲しい」

「お礼、ですか?」

ヒストリカがきょとんとして首を傾げる。

「うん、昨晩は助かった。ずっと眠れなくて悩んでいたから……久しぶりにぐっすり寝る事が出来て、本当に気持ちの良い朝を過ごす事が出来ているよ」

昨日の弱々しい声とは似ても似つかない、張りのある声でエリクは言う。

「起きてからも、白湯を作ってくれたり、散歩に連れ出してくれたり、美味しい朝食を作ってくれたり……こんなに清々《すがすが》しい朝を過ごせた事は、今までないと思う」

起床して一時間ほどで、とても健康的な行動が出来ている実感がエリクにはあった。

そのおかげで頭は冴え渡り、身体の芯には活力が漲《みなぎ》っているような感覚もある。

エリクが言葉を続ける。

「とはいえ、なんというか……色々気遣ってもらって申し訳ない気持ちが強いんだけど……」

「エリク様が気にする必要はありませんよ。旦那様の体調を気遣い、最高のパフォーマンスを出せるように動くという、妻として当然の事をしたまでです」

「それでも」

痩せこけた顔で優しく微笑んで、エリクは頭を下げて言った。

「ヒストリカには凄く感謝している。本当に、ありがとう」

心の底から湧き出たとわかる、ヒストリカに対する感謝の念。

しばらくヒストリカは、反応する事が出来なかった。

実際ヒストリカは、嫁ぐ際に決めていた『エリクを支える側に徹する』という方針通りのことをしたに過ぎなかった。

今度は男性の前に出過ぎず、サポートに全力を尽くすという強い決心である。

……サポートをするにあたって前のめりになっている感は否めないが、ヒストリカにはあまり自覚はない。

何はともあれ、エリクからこんなにも純粋な感謝を受け取るなんて思ってもいなかった。

「ヒストリカ?」

「あ……すみません」

思わず目を逸らすヒストリカ。

今まで碌《ろく》に人に褒められてこなかったから、他者からの純粋な感謝というものにヒストリカは慣れていない。

「お役に立てたようでしたら、何よりです」

胸の辺りに妙なくすぐったさを感じつつ、ヒストリカは言う。

同時に、思った。

(やはりエリク様は……とても誠実な方なのかもしれません)

夫婦とはいえ、本来ならずっと立場が下である自分に対して、「ありがとう」と口にしてくれる。

その言葉は、エリクという人間の誠実さを明白に表していた。

胸のくすぐったさはじきに、温かい気持ちへと変化する。

この方なら信用しても……と思ったところで、脳裏に響き渡る声。

――女のくせに出しゃばり過ぎなんだよ、お前は!

「どうかしたのかい？　難しい顔をして」

押し黙るヒストリカに、エリクが尋ねる。

「あ、いえ……なんでもありません」

小さく頭を振って、何も悟られぬようないつもの無表情でヒストリカは言う。

（期待してはだめよ……期待しては……）

どこか寂しげに目を伏せて、ヒストリカは自分に言い聞かせた。

◇◇◇

カリカリカリカリカリと、羽根ペンが走る音が執務室に響き渡る。ヒストリカとコーヒータイムを堪能した後、エリクはようやく昨晩ぶりとなる仕事に取り掛かった。

普段は寝不足の頭で碌に栄養も摂らず、ガタガタな身体に鞭打《むちう》って仕事をしているエリク。

しかし今日はヒストリカのおかげでしっかり睡眠時間を確保出来た上に、寝起きに白湯、軽い散歩にバランスの良い朝食と、明らかに身体に良い行動を取った。

効果は覿面《てきめん》だった。

明らかに、身体の調子が良い。

特に頭が非常にスッキリしていた。

普段なら一時間かかる書類の処理を、今日は半分ほどの速度でこなす事が出来ている。

初歩的なミスや誤字脱字も減っているし、集中力の持続時間も段違いだった。

ヒストリカが施してくれた数々の行動が仕事に良い影響をもたらしている事は、一目瞭然である。

ぴたりと羽根ペンを止めて、エリクは呟く。

「うちの妻、ひょっとして優秀では？」

ひょっとしなくても、とんでもなく優秀な事は明白だった。

会話の端々から知性が滲《にじ》み出てしまっているし、両親が医者というわけでもないのに、昨日と今日の時点で医療に絡んだ知識が出るわ出るわ。

おそらく、様々な分野に関して満遍なく知識があるのだろう。

エリクとて、元々は貴族学校を首席で卒業するほどの頭脳の持ち主なので、ヒストリカの聡明《そうめい》さを十二分に感じ取っていた。

確かヒストリカも貴族学校を首席で卒業していた。

しかしどう見ても、ヒストリカの方がずっと優秀だという体感がエリクにはあった。

同じ首席でも、能力は個々の差が出る。

九十九点は九十九点だが、百点はそれ以上の可能性を秘めているのと同じだ。

「とんでもない逸材を娶《めと》ってしまったかもしれない……」

思わず、エリクは笑みを溢《こぼ》す。

妻として迎え入れてまだ一日も経《た》っていないが、すでに彼女の優秀さに惹《ひ》かれている自分に気づいた。

惹かれているのはヒストリカの頭脳だけにではない。

彼女の気遣いや優しさにも、エリクは魅了されていた。

「男を言い負かして悦に入る加虐趣味者、女のくせに出しゃばりたがり……誰がそんなことを言ったのかな……」

少なくとも、エリクはそうは思わない。

昨日から今日にかけてヒストリカが自分にしてくれた行動は、他者を思いやる心がないと出てこない事ばかりだった。とはいえまだ、ヒストリカと過ごした時間は短いし、その人となりの表面上の部分しか見えていない。

今ヒストリカが自分に優しいのは、彼女なりに役割に徹しているだけかもしれない、今度は婚約を破棄されまいと演じているだけかもしれない。

だが、一番初めの出会いで見ず知らずの自分を必死に助けようとしてくれた事。

そして今朝の散歩中、白猫と戯れながら慈愛を纏《まと》った表情を浮かべたヒストリカを思い起こすと、そうは思えない直感があった。

「はっ……いけない、いけない」

ヒストリカのことを考えていたらかなり時間を使ってしまっていた。

昨日遅れた分を取り返さないといけないと、再びペンを走らせる。

しかし、不思議と焦りはなかった。

普段の何倍ものスピードで仕事を捌《さば》けているので、じきに今日の分のノルマは終わるだろう。

膨大な書類の束がみるみる減っていく実感があると、楽しさすら感じてきた。

頭脳とペンが直接繋《つな》がっているかのような感覚で、エリクは仕事を進めていく。

眠気と闘いつつ、ぼんやりとした思考で仕事をしていたここ最近の効率の悪さが浮き彫りになる。

確かにこれなら、無理に徹夜せずにちゃんと寝て、万全のコンディションで仕事をした方がよっぽど効率的だと身に染みて思い知った。

「いつからだろう……」

身を粉にして働くようになったのは。

エリクとて最初から仕事中毒だったわけではない。王城に勤めていた頃は人並みの労働時間で、さほど苦しい思いもせず仕事をしていたように思える。頭脳明晰《ずのうめいせき》で要領も良いエリクは本来、大量の書類に埋もれ死にそうになりながら働くタイプではない。

それが、小さな綻びがきっかけで少しずつ歪《ゆが》んだ方向に進んでいき、見るも悲惨な労働地獄に転落していった気がする。その過程はどこか、記憶が朧《おぼろ》げだ。

辛《つら》過ぎて、あまりにもストレスがかかって、頭が記憶を封印したのかもしれない。

そんなことを考えながら羽根ペンを走らせていたその時。

コンコンと、ノックの音。

「どうぞ」

「失礼します」

入ってきたのはヒストリカ。

エリクが口を開くより前に、ヒストリカは言った。

「エリク様、ストレッチの時間です」

「すとれっち……？」

ペンを止めて、エリクは呆《ほう》けた顔をした。

「はい、ストレッチです」

鸚鵡《おうむ》返《がえ》しをするエリクに、ヒストリカはこくりと頷く。

脇には何か、大きな風呂敷のようなものを抱えていた。

机に座るエリクの姿を見て、ヒストリカは眉を顰《ひそ》める。

「やはり、身体が丸まっていますね」

言いながらエリクのそばにやってくるヒストリカ。

「エリク様、少し失礼します」

「え、なん……うおっ!?」

エリクが変な声を上げる。

ヒストリカが、エリクの肩を親指でググッと押したからだ。

「……岩かと思いました」

ヒストリカが顔を顰めて言う。

「聞くまでもないと思いますが、首や肩周りが疲れている感じがしませんか？」

「……あるね。ずっと座り仕事をしていると、いつの間にかガチガチに固まって動かなくなる」

「頭痛や吐き気は？」

「……ある。一日中ぶっ続けで仕事していると、耐えられないくらいには」

「やはり」

小さく、ヒストリカは嘆息した。

「典型的な首、肩、背中の凝り症状ですね。仕事中でも定期的に動かさないと、疲労感はどんどん溜まっていきますよ」

「動かすと、逆に疲れるんじゃ？」

「いいえ、動かさないと疲れるんです」

まるで教師が生徒に教えるみたいに、ぴんと人差し指を立てて説明するヒストリカ。

「座り仕事の場合、基本的にほとんど身体を動かしません。そうなると、筋肉を使わないため全身の様々な箇所で血の巡りが悪くなり、どんどん硬くなっていきます。それが疲労感に繋がっているのです」

「なるほど、わかりやすい……ストレッチをする事で、筋肉を使って血の巡りを良くすればいい、という事？」

「そういう事です。実際に、やってみた方が早いでしょう」

ヒストリカが話を続ける。

「手始めに、僧帽筋を伸ばしましょうか」

「ソウボウキン？」

「首から肩、そして背中に繋がってる大きな筋肉です」

「この辺りか」

エリクが自分の肩に手を当てる。

「そうです。座ったままで大丈夫ですので、まず、頭の後ろで手を繋いでください」

「こうか？」

「はい。ではそのままゆっくり、上半身を前に倒していってください」

「上半身を前に……あいでででっ……」

エリクの表情が苦悶《くもん》に歪む。

「い、痛いんだけど、これ大丈夫？」

「心配ありません。硬くなった筋肉を動かしているので、最初は痛みがあるだけです。すぐに収まります」

ヒストリカの言葉の通り、エリクの表情が徐々に緩んでいった。

「筋肉が伸びている感じ、しますか?」

「する、凄いする……じわーっと、熱い感じだ……」

「血が行き渡っている証拠ですね。もう大丈夫です。一旦体勢を元に戻して、楽にしてください」

元の体勢に戻って、エリクはホッと息をついた。

間髪容《い》れずにヒストリカは言う。

「ではもう一度、先ほどの動きをお願いします。二十秒経ったら、楽にして構いません」

「わかった」

言われた通り、先ほどと同じく頭の後ろで手を組んで、上半身を前に倒す。

「いいですね。では、最後に一回だけお願いします」

再びエリクは、同じ動きを二十秒繰り返した。

「いかがでしょう?」

「肩が軽くなった……まるで、羽が生えたみたいだ」

驚きを露《あら》わにした表情でエリクが言う。

「凄い……!! 先ほどの動作だけで、こんなにも変わるか!」

肩をぐるぐる回し、興奮した様子のエリクにヒストリカは淡々と言う。

「個人差はあると思いますけどね。エリク様はおそらく尋常じゃないほど固まっていたので、実感様々な病気を引き起こしやすくなりますから」

「血の巡りが完全に止まっていたんだね……」

「そういう事です。というより、酷過ぎました。よく死ななかったですね」

「ヒストリカが言うと冗談に聞こえないな」

「割と冗談じゃ済みませんよ。筋肉が凝り固まると血の巡りが悪くなって、老廃物が溜まっていき、様々な病気を引き起こしやすくなりますから」

「こ、こわ……知らず知らずのうちに、寿命を削ってたんだね」

「このタイミングで気づいて良かったです。では次に、ハムストリングスを伸ばしましょうか」

「ハム……なんだって？」

「ハムストリングス……太腿《ふともも》周りの筋肉ですね。座り仕事では使う事がないので、硬くなりやすいんです。ちょっと申し訳ございませんが、一回、立ち上がっていただけますか？」

「わかった」

言われるがままエリクは立ち上がる。

「ありがとうございます。それでは、私を真似《まね》して前屈をしてください」

「こうか？」

ヒストリカの真似をして、エリクは立ったまま腰を曲げていって前屈をする。

「指が床に着く気配が全然しませんね」

「そう言うヒストリカは、掌がぴったり床に着いてるね」

「私は日常的にストレッチをしているので。エリク様の場合、指一本すら床に着かないところを見るに、太腿の裏の筋肉が固まっていますね。典型的な猫背の症状です」

「猫背……」

「座っている時の猫みたいな背中の形からついた名前らしいです。書類を読む時など、無意識に背中が丸まっていると思いますが、その状態をイメージするとわかりやすいでしょう」

「確かに言われてみると、ずっと前屈《まえかが》みで書類を読んでいた気がする」

「そうです。そしておそらく、この猫背が不眠の原因の一つですね。猫背になると筋肉が常に緊張状態になって交感神経が優位になるので」

「い、色々と繋がっていくね……これも、ストレッチでほぐれると？」

「そういう事です。布の敷物を持ってきましたので、その上でやりましょう」

「何を持ってきたのかと思ったら、そういう事か」

ヒストリカが床に敷物を広げる。

その上に、エリクは腰を下ろした。

敷物はちょっとした広さがあって、エリクの隣にヒストリカも座る。

「口で説明するよりも実演した方が早いと思うので、まず私がやりますね」

「助かるよ」

「最初に足を開いて、片方の足を内側に折り曲げます」

「足を開いて……片方を内側に……」

ヒストリカの動きを、エリクも真似をする。

「その後、伸ばしている足に沿って、身体を前に倒していってください」

「伸ばした足に沿って、身体を前に……あいだだたたたたたっ……!!」

エリクが悲鳴にも似た声を上げる。

「ぜ、全然動かない……」

「太腿に木の棒でも入ってるんですか」

ぜーはーと冷や汗をかくエリクに、ヒストリカが嘆息する。

「少し、補助しますね」

ヒストリカはエリクの後ろに回って、膝立ちの体勢で言った。

「私が後ろから、ゆっくりと押します。痺《しび》れや、耐えられない痛みがある場合は言ってください」

「わ、わかった……」

「ではいきます、よいしょ……」

「いっ……あいだだたたたたたっ……」

「大丈夫ですか?」

「なん、とか。さっきよりはいける……」

「何よりです」

「くうぅっ……これも、二十秒……？」

確認を取るために、エリクがヒストリカの方を向く。

瞬間、エリクは息を呑《の》んだ。

ヒストリカは押す力を強めるために、エリクの背中に自分の身体を寄せていた。

しかも先ほど大丈夫かと尋ねた際、エリクの耳に顔を近づけている。

そのためエリクが振り向くと、必然的にヒストリカの目の前に彼の顔が現れる事になり――。

「あっ……」

「……っ」

エリクの抜けたような声と、ヒストリカが息を呑む音が部屋に溢《あふ》れた。

「……っ」

エリクの顔が、目と鼻の先にある。

病的なまでに青白い肌に、落ち窪《くぼ》んだ目の周り。

頬は相変わらず痩けているが、昨日より幾分か血色が良いように思える。

とはいえお世辞にも貴公子の容貌とは言えないが、吸い込まれるような不思議な魅力があった。

舞い降りる静寂。

吐息まで聞こえてきそうな距離。

しばし二人は見つめ合う。

「ご、ごめんっ……」

上擦った声と共に、エリクが顔を逸らした。

「いえ……」

ヒストリカも顔を背ける。

それから何も起こっていないかのように口を開いた。

「……原則としてストレッチは一回二十秒を三回繰り返すと良いと言われています、ハムストリングスを伸ばすストレッチも同様です、目安としては一時間から二時間に一回くらいで良いかと」

「そ、それくらいでいいんだ……労力に対して、得られるメリットが大きいね」

早口で言い切るヒストリカに、エリクは動揺を滲ませた声で返す。

「そうですね。お仕事中に良い姿勢を心がけるのも大事なのですが、どうしても色々な体勢を取らざるを得ないので、定期的なストレッチが効果的だと考えます。ところで……」

ヒストリカが立ち上がり、エリクに言う。

「もう一度前屈をしてみてもらってもいいですか？」

「わかった」

エリクも立ち上がり、先ほどと同じように前屈をした。

「おっ……」

「中指が床に着きましたね」

「本当だ、さっきよりも伸びる！」

「まだ硬いですが、少しはほぐれたようです」

こくりと、ヒストリカは頷いた。

「なんだか太腿がぽかぽかしてて気持ちいいよ。よく足に寒気が走るんだけど、このストレッチをしていたら緩和出来そうだね」

「全身に対し、足の筋肉が占める割合は馬鹿にならないですからね。何はともあれ毎日続ける事が大事なので、意識付けをお願いいたします。お仕事が忙しいと抜けがちではあると思いますが、した方が仕事の効率が上がると思うので」

「わかった、頑張って心がけるよ」

「ありがとうございます。とりあえず、肩周りと太腿のストレッチはこんな感じです。お時間を取るといけないので、他の部分のストレッチは、また……」

そう言って、ヒストリカは背を向ける。

そしてそそくさと、ドアの方へ向かった。

「ありがとう、ヒストリカ！」

その背中にエリクが言葉を投げかけると、ヒストリカが立ち止まる。

「とても助かったよ」

ヒストリカは前を向いたまま、こくりと頷き。

「どういたしまして」

相変わらず早口気味で言ってから、部屋を後にするのであった。

◇◇◇

エリクの執務室を出て、ドアを閉めた後。

「……びっくり、しました」

扉に背をつけて、ヒストリカは呟いた。

先ほど、エリクと至近距離で見つめ合うというちょっとしたアクシデントがあってから、何かがおかしい。

思考が正常に機能していないというか。

理性ではなく、感情の部分が乱れた実感があった。

本当ならあと何個かストレッチを伝授する予定だったが、早々に切り上げてしまった。

あれ以上エリクのそばにいたら、余計に乱れがひどくなる気がしたからだ。

そっと、胸のあたりに手を添える。

掌を通じて、いつもより速く脈打っている心音が伝わってきた。

心なしか、頬もほのかに熱を帯びている気がする。

ハリーと一緒にいた時は生じることの無い身体の反応だった。

（落ち着きなさい……）

冷静を欠くなんて、自分らしくない。

全ての状態を元に戻すべく、大きく息を吸い込んで、吐き出す。

頭に酸素を送り込んであげると、少しずつ落ち着いてきた。

やがて脈拍数も体温も元に戻ってからようやく、ヒストリカは安堵の息を漏らすのであった。

——普段、感情を押し殺して生きているヒストリカ。

そんなヒストリカが、エリクに対して『ある感情』を抱きつつある事を、この時点での彼女は全く気づいていないのであった。

◇◇◇

ヒストリカの提案によって、昼食は外で摂る事になった。

「ずっと家の中にいたら精神的に参ってしまいますからね。気分転換が大事です」

とのこと。

本日の天気は清々しいほどの快晴。

心地よく暖かい空気に混じって、庭園に咲き誇る花の香りがほのかに漂ってくる。

使用人のコリンヌの案内でやってきたのは、庭園にある屋根付きのカフェスペース。

ガゼボという小さな白い建造物で、庭園を眺めながらランチやお茶を楽しめる場所とのこと。

「もっとも、エリク様が当主なので使われることは滅多にございませんが」

とコリンヌが言っていたあたり、宝の持ち腐れと化しているようだった。

「おお、凄い……」

四人ほど座れる丸テーブルの上。

大皿に盛られた色とりどりのサンドウィッチを前に、エリクが感嘆の言葉を口にする。

「もしかして、これもヒストリカが?」

「午前中、特にやる事もなかったので調理場をお借りしました。もちろん、シェフの方にも手伝ってもらいましたが、具材の考案は私ですね」

「なるほど……なんか、悪いね」

「お気になさらず。暇でしたので」

すまし顔でそう言うヒストリカだったが、もちろんこれも『旦那様の健康を改善しよう計画』の一環である。

エリクにストレッチを伝授した後、気分転換も兼ねて昼食は外で食べてもらおうとヒストリカは思いついた。

いそいそと調理場へ赴き、栄養がバランスよく摂れてすぐに作れてかつ、外でも食べやすいものは何かと考えた結果——実家にいた頃、勉強をしながらよく食べていたサンドウィッチに決定した次第である。

「午後の仕事に差し支えないよう油分の多い具材は控えていますが、栄養のバランスは考えて作っています。お好きなものからどうぞ」

「本当に、何から何までありがとう……じゃあ、いただきます」

まずはオーソドックスに、卵サンドから齧り付くエリク。

「うん、美味しい」

「良かったです」

表情は変わらないが、ヒストリカは小さく安堵の息をついた。

「使ってるソースは何だい？　初めての味だ」

「オリーブ油と卵黄、それからレモン汁を混ぜたソースです。これを潰した茹《ゆ》で卵《たまご》と混ぜると、美味しくなるんですよ」

「へええ、その調味料の組み合わせでこんな味が……」

感動すら覚えているような表情で、エリクは深く頷いた。

あっという間に一つ目を平らげたエリク。

卵サンドはもう一つあったが、胃の容量には限りがあるので他の味を楽しもうと二つ目のサンドウィッチを手に取る。

「これは……」

「アボカドとチーズのサンドウィッチです」

「うん、美味しい。アボカドの甘みと、チーズの酸味の組み合わせが良いね」

これもペロリだった。

次のサンドウィッチに手が伸びる。

「これは……」

「チキンとトマト、オムレツのサンドウィッチです」

「これも美味しい。ガッツリだけどくどくなくて、マスタードとよく合うね」

言うまでもなくぺろり。

次の……。

「これは……言われなくてもわかるよ、うん」

「たっぷりキャベツとハムのサンドウィッチです」

ヒストリカが言うと、エリクは「づっ……」と不協和音みたいな声を漏らす。

「緑は……あんまり……」

「ダメです。野菜も食べないと、栄養が偏ります」

「うう……それはわかってる、けど……」

「騙《だま》されたと思って一口食べてみてください。大丈夫です、ちゃんと美味しいので」

エリクは逡巡《しゅんじゅん》していたが、せっかく作ってくれたのに食べないわけにはいかない。

やがて意を決して、緑たっぷりのサンドウィッチに齧《かぶ》りついた。

目をぎゅっと瞑《つぶ》ってシャクシャク。

しかし、すぐに驚いたように両目を開いて呟く。

「あれ、美味しい……なんか、さっぱりしてて癖になるというか……」

「キャベツはそのままだと味が淡白なので、塩で揉《も》んだあとにごま油や酢で味付けをしています。ハムもしっかりと味がついているので、キャベツと合って美味しいかと」

「凄いっ……これなら食べられるよ……」

「何よりです」

エリクの感激したような声に、ヒストリカは先ほどよりも大きく安堵の息をつく。

同時に、胸のあたりにポッと温かい何かが宿った。

（この感覚……なんでしたっけ……）

勉強もピカイチに出来て、知識も膨大になるヒストリカだったが、こと自分の感情に関しては幼児並みの解像度しか持たない。

自分の作ったサンドウィッチを「美味しい、美味しい」と夢中で食べてくれるエリクを見て、胸から込み上げてきた感情の正体をヒストリカはまだ言語化する事が出来なかった。

◇◇◇

「そういえば、ヒストリカは食べないのか？」

半分ほどサンドウィッチを食べ進めたタイミングで、エリクが尋ねた。

「私のことはお気になさらず。エリク様が残した分を食べますので」

ヒストリカが淡々と返すと、エリクは見るからに表情に動揺を浮かべた。

「ああっ、気づかなくてごめんよ。お腹空《す》いただろう？」

「空いていない……と言えば嘘になりますね。私も人間ではあるので、生理現象として空腹感を覚えざるを得ない状態です」

「何だか小難しい言い回しをしているけど、要はお腹が空いてるって事だよね？」

「人間なので」

「なるほど。ちなみにヒストリカは、サンドウィッチの具材で言うと何が好きなの？」

「私ですか？　私は…………」

そういえば、サンドウィッチの具の好みなんて考えた事がなかった。

思考をかなり深いところまで沈める。

貴族学校を首席で卒業し、ありとあらゆる分野の知識を網羅するヒストリカの頭脳が導き出した具材は――。

「…………無難に、卵サンドでしょうか」

そういえばマヨソースをよく味見していた事を思い出し、自分の好みの味だと導き出した。

「はい、どうぞ」

ひょい、とエリクがヒストリカに卵サンドを手渡す。

ヒストリカは目を丸くした。

「え、でも、これはエリク様の……」

「一緒に食べた方が、美味しいだろう？」

「そういうものですか」

「そういうものだよ」

にこりと笑ってエリクが言う。

ヒストリカにはエリクの言葉がわからなかった。

実家でも、貴族学校でも、いつも一人で食べていたから。

食事とは、黙々と一人でするものだと思っていた。

「……いただきます」

微かに緊張した面持ちで、はむ……と、卵サンドに口をつけるヒストリカ。

「どう？って、俺が聞くのも変な話か」

「美味しい、ですね」

ゴロゴロ卵がマヨソースと絡み合って何とも食欲をそそる。

二口目、三口目と、ヒストリカは卵サンドを頬張った。

「やっぱり、お腹空いてたんだ」

否定は出来ない。

朝からエリクを第一優先に考えて行動していたためか、普通にお腹が空いていた。

「残ってるやつで、どれ食べたい？」

「…………ハムチーズを、いただいてもよろしいでしょうか？」

「そんな畏《かしこ》まらなくても」

苦笑しつつ、エリクはハムチーズサンドをヒストリカに手渡す。

まるで小鳥に餌付けしているみたいな光景だった。

ハムチーズサンドを行儀よく両手で持って、はむはむと頬張りながらヒストリカは思う。

（誰かとご飯を食べたのなんて、いつぶりでしょう……）

記憶の限り、すぐには思い出せないくらい久しぶりの事だった。

（確かに……悪くないかもしれないですね）

誰かと『美味しい』を共有する。

こんな昼食も悪くないと、ヒストリカは思うのであった。

第三章　知識の源

昼食後。

ソフィが紅茶とお菓子を持ってやってきた。

もちろん、ヒストリカが手配したものである。

エリクはすぐ仕事に戻りたい雰囲気を出していたが、香り高い紅茶と美味《おい》しそうなクッキーを見てもう少し時間を取ることに決めたようだった。

「こんなにまったりした昼は久しぶりだ」

ティーカップを手に、エリクが穏やかな声で言う。

「良い気分転換になったのでしたら、何よりです。お仕事の方は順調ですか？」

「うん、とても。昨日遅れた分は取り戻せたし、今日の分もじきに終わりそうだよ」

「そうでしょう、そうでしょう」

当然ですと言わんばかりに、ヒストリカは頷《うなず》く。

「徹夜をして無理するのは、仕事をやってる感は出て安心は出来るんですけど、効率が良いかと言われるとそうでもないですしね。しっかりと身体《からだ》を休めて、ベストな調子で取り掛かる方が早く仕事が出来ますし、健康にも良いです」

「うん、そうだね……それは、昨日と今日で実感したよ」

寂しげに目を細めて、エリクは言う。

「僕は少し……いや、かなり追い詰められていたみたいだ。ヒストリカに言われなかったら、本格的に壊れるまで仕事詰めだったと思う」

「ほぼ壊れかけみたいな状態でしたけどね」

「あはは……面目ない」

ちくりと刺すような言葉に、エリクは力なく笑って頭を掻《か》いた。

実際、エリクは相当危険な状態だったと思う。

仕事による膨大なストレスがかかって、自律神経失調症を発症。

不眠になって精神的にも不安定になり、身体もどんどん痩せこけていった。

元は綺麗《きれい》に整っていたであろう容貌も、そのせいで今や令嬢に怖がられてしまうような有様になった。お風呂に入らない、ご飯が食べられなくなるなど、日常生活が送れなくなった時は完全に異常事態だ。

エリクの場合も、ご飯も食べないしお風呂にも入る気がなかったあたり、あと一歩遅かったら本格的に手遅れになっていたかもしれない。

一体誰がエリクをこんなになるまで仕事漬けにしたのか。その辺りも追々聞いていって、今のエリクの環境自体を変えたいと考えているヒストリカであった。

「紅茶には疲労回復効果や、緊張を和らげるリラックス効果があるんですよ。このクッキーも甘みが少々強いものなので、午後のお仕事の集中力も上がるかと思います」

「流石《さすが》、ありとあらゆるところに仕込んでいるね」

「一刻も早くエリク様を健康的な生活に戻せるよう、考えつく限りの事をさせていただいております。嫌な事や迷惑に感じる事があったら、遠慮なくお申し付けください」

「迷惑なんて、とんでもない」

　エリクが頭を振る。

「ヒストリカが僕にしてくれた様々な事で、実際に身体の調子が良くなっている実感があるし、仕事の効率も上がった」

「それは、何よりでございます」

「だからこれからも、無理をしない範囲で色々教えてくれると嬉《うれ》しい」

「もちろんです。それが私の役目ですから」

　いつもの淡々とした調子のヒストリカに、エリクは優しげに言う。

「本当に、気遣いの塊みたいな人だね、ヒストリカは」

「妻として、当然の事をしているまでです」

「それでも、とても感謝しているよ」

　エリクが柔らかく微笑《ほほえ》む。

睡眠をしっかりとって仕事にも余裕が出来たためか、昨日に比べると心なしかエリクは穏やかになっているように感じる。

不眠や仕事に追い込まれている事に対するストレスでピリピリしていただけで、本来のエリクの性質が戻ってきているようだった。

「本当にヒストリカには頭が上がらないよ、ありがとう」

「……」

また褒められて居心地悪げな心持ちになっているヒストリカ。

エリクが「そういえば……」と口を開く。

昨日今日で生じたシンプルな質問を、エリクは投げかけた。

「ヒストリカの……その膨大な知識は、どこで手に入れたんだい？」

エリクの問いかけに、ヒストリカは目をぱちぱちと瞬かせた。

「膨大な知識、というと……具体的にどの部分を指しておりますでしょうか？」

「うーん……昨日と今日で僕に聞かせてくれた、様々な知識かな」

真面目な表情で、エリクは続ける。

「僕も医学に詳しいわけじゃないけど、ほんの少しだけ齧《かじ》っていた時期もあるから、多少は心得があるつもりだ。こんな身体だからね。その時に勉強した知識に照らし合わせると、ヒストリカが話してくれた事……交感神経とか、自律神経失調症とか、体内時計の概念や散歩の効果……あとどの筋肉を伸ばせば良いのかというストレッチの手法、どの食材にどんな効能があって、紅茶にはどんな効果があるのか……少なくとも、僕は聞いた事がない知識ばかりだった」

ティーカップを見ながら、エリクは言う。

「ヒストリカは自分のことを医者でもなんでもない、素人に毛が生えた程度と言っていたけど、とんでもない。そこらの医者以上の知識を持っているように感じたし、なんならこのヒーデル王国においてまだ一般化されていない知識すら持っている。これは僕の完全な勘なんだけど……下手したらヒストリカの知識は、この国の医学分野に革命を起こしかねない。それくらい、凄《すご》いものなんだ」

真面目な表情でヒストリカを見つめて、エリクは尋ねる。

「君は一体、何者なんだい？」

エリクの問いかけに、ヒストリカは少し考える素振りを見せてから。

「別に、何者でもございませんよ」

紅茶を一口含んで、何も大した事はないという風に言った。

「私の家系は元々、ヒーデル王国の血筋では無いというのはご存知で？」

「ああ、それは把握している。確か高祖父の代に、エスパニア帝国から亡命してきたんだよね」

「その通りです」

ヒーデル王国は、隣国を三つ持つ国だ。

そのうちの一つが、エスパニア帝国である。

「エスパニア帝国は、『民の幸福に健康は不可欠』という方針を掲げていて、医療分野へ多額の投資を行っている国です。医学や生体構造学、薬学など、あらゆる分野で周辺国に比べて抜きん出ています」

「確かに、エスパニア帝国の医学はかなり進んでいるイメージがあるね」

「そして、私の高祖父は医者でした。それも、エスパニア帝国の大学……ヒーデル王国で言う高等学院で、医学の研究をしていた研究医です。専門は精神医学だとか」

「精神医学？」

「身体の怪我《けが》や病気ではなく、精神、いわば心の病気を取り扱う分野らしいです。外的要因が身体や心にどんな影響を及ぼすのかを研究する……例えば、人は寝ないと思考力が低下して気分が落ち込むとか、日光を浴びた方が体内時計がリセットされて健康に良いとか……今まで、私がエリク様にお伝えした事がまさにそれですね」

「な、なるほど……心の、病気……」

そもそもヒーデル王国では、心の病気という概念がそもそも無い。

なのでエリクからすると、ヒストリカの言葉は目から鱗《うろこ》だった。

「結構優秀な方だったらしいですよ。元々は伯爵だったらしいですが、様々な論文が認められ、帝国の医療の発展に貢献したという功績で陞爵《しょうしゃく》し、侯爵まで上り詰めたとか」

「それは、凄いお方だ……」

「記録でしか把握して無いですけどね」

平坦《へいたん》な調子で言うヒストリカに、エリクは言う。

「婚約前に一通りヒストリカの家系は調べたつもりだったけど、そこまでは知らなかったよ」

「その辺りの情報は表に出ないように隠蔽してますしね。今のエルランド家は、ヒーデル王国の上級貴族になる事に必死なので、なるべくエスパニア帝国の血を匂わせたく無いのでしょう」

どこか自嘲めいた様子でヒストリカは言う。

「私の知識の源は主に、高祖父が亡命の際にこの国に持ち込んだ大量の本や論文です。子供の頃から、両親に書庫の本を全て読むように言われて読んでいたのですが、その一角に並んでいたのです。一般的な病気や怪我に関するものもありましたが、大半は精神医学に関するもので、高祖父が書いた論文もたくさんありました」

「さらっと今、とんでもない事を言った？」

エリクが頬をひくつかせる。

「ようするに、ヒストリカの家の書庫には……エスパニア帝国の最先端の医療技術に関する資料が大量にある、と？」

「最先端、と言っても高祖父の代のですけどね。今はもっと進んでるんじゃ無いでしょうか。調べる術《すべ》はありませんけど」

高祖父の代というと、およそ百五十年ほど前だ。

その時代にすでに、現在のヒーデル王国の医学を凌駕《りょうが》していたらしい。

エスパニア帝国とは長く冷戦が続いている上に、エスパニア帝国自体が鎖国状態となって久しい。

それに両国は高々と聳《そび》え立つ山脈によって分断されているため、お互いの国の情報がほぼ入ってこない状態だった。

なのでエリクも、なんとなくでしかエスパニア帝国の内情のことを知らなかったが、ヒストリカ曰《いわ》く非常に高度な医療技術を持っている国らしい。

「なんにせよ、ヒーデル王国にはない医学の知識がたくさん記述されているのは確かみたいだね」

「それは、どうなんでしょうか……」

ヒストリカの反応に、エリクは（もしかして……）と、一つの可能性が浮かんで尋ねる。

「今更だけど、こんな大事な話を僕にして大丈夫だったのかい？」

「と……言いますと？」

「話を聞く限り、ヒストリカが読んだ資料は間違いなくヒーデル王国の医療技術に無いものが多々ある。僕がこの事実を公にしたら、間違いなくヒストリカの家の資料は全て押収されると思うけど……」

医療大国エスパニアの知識が詰まった資料たちだ。

国の権力者が欲しがらないわけがない。

ヒストリカは息を呑《の》む。

エリクの言葉が予想外だったらしい。

「……そこまでのものとは、思っていませんでした」

「やはり……」

エリクが思いついた可能性――ヒストリカが、自分の知識に対する価値を正確に認識していないというのは、正しかったようだった。

無理もない。

誕生から今に至るまでヒストリカは、ヒーデル王国の医学の常識に触れる機会なんて無かった。

当然だ。

貴族令嬢は、医学という分野から最も遠い立場だ。

学ばされたのは主に、礼儀作法や読み書き、貴族学校で習う科目など、高名な貴族に嫁ぐために必要な分野ばかり。

書庫の本を読む事は、ヒストリカにとっては己の知識欲を満たす気分転換に過ぎない。まさか自分の読んでいる本たちが、ヒーデル王国にとって宝の山だとはヒストリカは露とも知らなかった。

いうなれば、完全な無自覚だったのである。

「……まあ、この話は一旦置いておこうか」

今考えても仕方がないと、エリクは別の質問を口にする。

「ヒストリカのご両親は、書庫の本についてはなんと？」

「ご先祖様が持ってきた古汚い本、くらいにしか思ってないのではないでしょうか。そもそも両親はエスパニア語が出来ないので、本に何が書いてあるのかわかってないと思います」

「ちょっと待って、ちょっと待て。ヒストリカは、エスパニア語が読めるのかい？」

「はい。基本的な文法は読んでいるうちに法則を見つけていって、わからない単語はエスパニア語の辞書を引いていって、読めるようになりました」

「またとんでもない事を言う……」

どこの社交界に、他言語を独学で習得して医学を学ぶ令嬢がいるのだろうか。

何事もなかったように紅茶で喉を湿らせるヒストリカに、エリクは言う。

「とりあえず、ヒストリカが優秀な高祖父の血を受け継いでいることは、よくわかった」

「ありがとう、ございます？」

エリクの言葉にあまりピンときていないとでも言うように、ヒストリカが首を傾《かし》げる。

両親に無能だと言われ続けてきた上に、様々な本を読み込んで上には上がいるという認識を持っているヒストリカは、自分が世間一般と比べると優秀であるという認識がすっぽり欠けていた。

「ちょっと情報量が多くてまだ飲み込めていないけど……とにかく、ヒストリカの知識の源は把握したよ」

「それは、何よりでございます」

「というより、そもそもの話になるんだけど……」

少し言いづらそうにしてから、エリクは口を開く。

「僕に嫁いできて良かったのかい？」

「……と、言いますと？」

「ヒストリカの頭脳と知識、そして本があれば、医学の第一線で活躍する事だって……」

「無理でしょう」

冷たい瞳でヒストリカは首を振る。

「この手の知識は『何を』言ったのかではなく、『誰が』言ったのかの方が重要です。私がヒーデル王国の名のある医者の子だったらまだしも、この国における私の立場は、一介の子爵令嬢でしかありません。そもそも男尊女卑が強いこの国で、男の領分である医学界に私が首を突っ込んでも、相手にもされないでしょう」

「確かに、それは否定出来ない、と思う……」

淡々と、ヒストリカは続ける。

「あと、ヒーデル王国は既得権益層の力が強過ぎます。敵国であるエスパニア帝国からもたらされた何段階も進んだ知識が広まると、現時点での自分の食《く》い扶持《ぶち》が脅かされると恐れる権益層が多いので、圧力で握り潰される事は目に見えています。この国の医学の発展に従事したいと思えるほどの情熱も意欲も私にはありませんので、わざわざ修羅の道に行く理由はないかと」

新しい技術や知識はいつだって、古い考えを持つ層からの反発が起こる。

なんの根回しもなく新しいものを広めてしまうと、下手したら身に危険が及ぶ可能性だってある。

エスパニア帝国から亡命してきた高祖父が、持ち込んだ資料の数々を公開せずに書庫に隠したのは、それが理由なのではないかとヒストリカは予想していた。

「何はともあれ私は、この選択で正しかったと思っています」

残りの紅茶を啜《すす》って、ヒストリカは言う。

「私の持っている知識は、エリク様のお役に立てているようですし。今はそれで、充分です」

ヒストリカの言葉に、エリクは押し黙る。

自分の想像を超えた多くの情報が頭の中をぐるぐるしている上に、嬉しいやら、勿体《もったい》ないやら、様々な感情が混ざって。

「そっか……」

この時のエリクは、そう返すことしか出来なかった。

◇◇◇

夕方、執務室。

カリ……と、羽根ペンが走る音が止まる。

仕事がいち段落したタイミングで、エリクは呟《つぶや》いた。

「とんでもない妻を娶《めと》ってしまった」

昼食後のティータイムの際にヒストリカが明かした事に関して、エリクは結論を一言で纏《まと》めた。

ヒストリカの高祖父はエスパニア帝国の天才的な医者で、彼は医学に関する書物や論文の数々を祖国から持ち出した。

資料に記載されている内容は、現時点でのヒーデル王国の医学よりも進んでいるものだが、ヒストリカはそれを知らず知識欲の赴くままに資料を読み込んだ。結果、自分の持つ知識の価値を正確に捉えられていない、とんでもない天才令嬢が誕生してしまった。

何かの冗談かと思った。

物語か何かの設定だと言われた方がまだ納得が出来る。

正直なところ俄《にわか》には信じ難い話で、未《いま》だに現実感がない。

少なくとも高祖父の子や孫たちはその資料の重要さを認識していたはずなのに、なぜ今まで資料が明るみに出なかったのか。

そもそもなぜ、ヒストリカの高祖父は祖国を捨てヒーデル王国に亡命をしてきたのか。

わからない点はまだ多い。

しかし、ヒストリカの性格的に嘘《うそ》を言っているとも思えない。

現にエリクは、ヒストリカの助言の通りの事を行って身体の調子が回復している。

今までエリクは何人もの医者に掛かってきて、流行《はや》り病《やまい》を患っているだの邪教の呪いに触れてしまっただの、尤《もっと》もらしい事はたくさん言われてきた。

しかしどんな薬を飲んでも、邪神を振り払う儀式とやらを受けても、今一つ回復に向かわなかった。

そうこうしているうちに、身体はみるみるうちにボロボロになっていき、目も当てられない容貌になり、次第に自己嫌悪に陥って現実から逃避するように仕事に打ち込んだ。

まさか現実逃避の手段であった仕事こそが自身の不調の原因だと、ヒストリカに言われるまで気づかなかった。

ヒストリカが言っていた精神医学の概念から推測するに、自分は単に不健康な生活を送り続けたために異常をきたしていたのだろう。

身体にも、精神にも。

精神医学の概念すらないヒーデル王国内の医者では、気づかないはずである。

その事実にヒストリカは即座に気づいた点こそ、彼女が持っている知識が確かなものだという何よりの証拠だった。

「どうしたものか……」

今の自分の立場と国益のことを考えるのであれば、資料の事を国に報告し然《しか》るべき機関に動いてもらうのが筋ではある。

だが絶対に面倒な事になるし、ヒストリカを含めエルランド家が望んでいない結果になるという懸念はあった。

もし万が一資料の内容がヒーデル王国内の医学界で認められ出回れば、エルランド家は長くその技術を隠蔽していたとして悪評が立つ可能性がある。

ヒーデル王国での陞爵を目指すべく、エスパニア帝国の血筋である事をなるべく広めたくないエルランド家にとっては大きな痛手だ。

国内だけではなく、流出案件としてエスパニア帝国が認知し動く可能性だってゼロではない。

そうなると今は平静状態を保っている両国の間に熱が入って再び先の大戦のような悲劇の引き金に繋《つな》がらないとも限ら……。

そこまで考えて、エリクは頭を振った。

思考を無理やり中断させた。

ヒストリカと同じく頭が回るエリクは、もし今回の一件を国に報告した場合のあらゆる可能性が浮かんでしまう。

ただでさえ仕事で疲労した頭がピリピリと痛くなってきた。

「よし……」

エリクは、決断する。

「一回、聞かなかった事にしよう」

問題を先送りにする事にした。

わざわざ自分から大波を立てに行くほど、現時点のエリクに余裕はない。

ヒストリカから聞いた内容が原因で、今の時点で何かトラブルが起こっているわけではない。

むしろ、良い事しか起こっていない。

エリクに、ヒーデル王国に対する強い忠義があれば違う決断もあっただろう。

だがエリク自身、ヒーデル王国に対する忠義は昔と比べて弱く、今請け負っている仕事以上の動きをしようという気にもなれなかった。

何よりもエリクがこの決断に至ったのは、ヒストリカ自身が国にこの事実を知られる事を望んでいないだろうという推測があったからである。

自身の保有する医学知識を使ってどうこうしたいという意思も無いようだし、どちらかというと平穏に暮らしたいという空気をエリクは感じ取っていた。

あれほどの逸材を自分のいち妻とするのは勿体ない気もするが、そこは本人の意思を尊重するべきだろうとエリクは考えていたし、何より……。

——私の持っている知識は、エリク様のお役に立てているようですし。今はそれで、充分です。

まだ結婚したばかりなのだ。

エリク自身も、今しばらくヒストリカと平穏に暮らしたいという気持ちがあった。

そこまで考えたタイミングで、ノックの音が部屋に響く。

「仕事中、失礼します」

使用人のコリンヌがやってきて言った。

「ヒストリカ様からの伝言です。夕食の準備が出来ましたので、程よいところで食堂にお越しください、とのことです」

◇◇◇

「凄い、これまた美味しそうだ……！」

食堂にて。

テーブルの上に並べられた夕食を前に、エリクが弾んだ声を上げる。

野菜たっぷりミネストローネに、ほかほかと湯気が立つロールキャベツ、チーズの匂いがとても香ばしいグラタン、柔らかそうなパンなど……。

決して豪華絢爛《ごうかけんらん》というわけではないが、家庭的で美味しそうな夕食だった。

「朝や昼に比べて量は増やしましたが、あまり重たくなくて胃腸に負担をかけないメニューを考案いたしました」

隣にちょこんと座って解説するヒストリカに、エリクが感嘆の息を漏らす。

普段出てくる夕食といえば、ドデカいローストビーフや油をふんだんに絡めたシュリンプ炒《いた》め、ゴロゴロお肉を絡めたミートソースパスタなど。

それはそれで美味しいのだが明らかに量が多すぎだし、食べた後に胸焼けが凄いし、残してしまう罪悪感で徐々に夕食が億劫《おっくう》になっていった。

という経緯もあって、仕事を理由に夕食も抜きがちになっていた。

「シェフの方に聞いたところ、エリク様は夕食も抜きがちだと仰《おっしゃ》っていました。それでは身体から元気が失われてしまうので、これからはきちんと夕食も摂《と》っていただきます」

「さ、流石、把握していたようだね」

「食が及ぼす健康への影響は計り知れませんから」

淡々とヒストリカが言う。

改めて聞くと当たり前のことだが、ヒストリカが言うと凄《すさ》まじい説得力があった。

昼にヒストリカが話してくれた、自身の知識の源がエスパニア帝国由来だという事実がそう思わせているのだろう。

「ちなみにこの夕食も……？」

「はい。暇でしたので」

「なんでもは作れるね、ヒストリカは」

「なんでもは作れません、頭の中に入ってるレシピだけです」

「それでも充分だよ。むしろ、うちのシェフがすまないね。本来であれば妻を台所に入れるなんて、あってはならない事なのに」

「お気になさらず。私こそ、エリク様の健康改善のためだと無理を言って作らせていただいているので。とはいえ、私がずっと作り続けるのは見え方的にもよろしくないでしょうから、ある程度レシピを伝授したら身を引こうかと思います」

「なるほど。でも、それはそれで残念だな……」

言葉の通り残念そうにするエリクを見て、ヒストリカは言う。

「では今後も、たまにでしたら……私が作ろうかと思います」

「お、それは嬉しい。作った時は、教えてね」

「はい、お伝えします。……会話はこのくらいにして、冷めないうちにどうぞ」

「うん、いただき……って、またヒストリカは、食べないのか？」

ヒストリカの前には何もない様を見て、エリクが純粋な疑問を投げかける。

「私は大丈夫です。エリク様が食べ終えた後に、いただこうかと」

「まだお腹空《なかす》いてないとか？」

「そういうわけではありません。人間の体内時計は夕方から夜にかけて食欲を増幅させる機能を持っているので、昼食の時間を間違えない限り、空腹感を覚えるのは避けられない事なのです」

「お腹が空いているということね。なのに、どうして一緒に食べないの？」

「その方が、身を引いてる感じがあるから、でしょうか」

「う、うん……？」

腕を組んで考えてからエリクは尋ねる。

「ようするに、特に深い意味は無いってこと？」

「深い意味があるわけでは、無いですね」

「よし、じゃあ一緒に食べよう」

「……わかりました」

エリクが食堂に控えていた使用人に指示を出す。

指示を受けてほどなく、ヒストリカの分の夕食もテーブルに並べられた。

「申し訳ございません、お待たせしてしまって」

「気にしないで。でもこれからはなるべく、一緒に食事を摂ろう」

「それが、エリク様のご要望であれば……」

ヒストリカの返答に、エリクは満足げに頷いた。

会話もそこそこに、食前の祈りを捧《ささ》げてから夕食が始まる。

まずはミネストローネから、エリクは口に運んだ。

「うん、美味しい」

空っぽの胃袋にじんわりと染み渡るミネストローネは、トマトの酸味と出汁《だし》の塩味が程よい塩梅《あんばい》ですするする行けてしまう。

具の野菜たちはじっくりコトコト煮込まれているのか柔らかく、苦味やエグみは感じられずむしろ甘みがあった。

「トマトは栄養と身体に良い成分が満点なんですよ。『トマトが赤くなれば医者が青くなる』ということわざがあるくらいです」

「あ、それは聞いた事ある。トマトがたくさん売れてしまうと、それを食べて元気になる人が増えて、医者の仕事がなくなってしまう、みたいな意味だっけ？」

「その通りです」

そんなやりとりをしながら、次はロールキャベツへ。

「うん、これも美味しい」

歯を立てた途端、中からじゅわりと合《あ》い挽《び》き肉《にく》の旨味《うまみ》と刻み玉ねぎの甘みが溢《あふ》れ出して思わず頬が綻んだ。

味つけはシンプルなコンソメ風味なので、食いでがあるがさっぱりといただける。

二口三口と止まらず食べていると、ヒストリカがじっとこちらを見ている事に気づく。

「どうしたの？」

「あ、申し訳ございません。大したことではありませんが……エリク様は本当に、美味しそうに召し上がるなと」

「ご、ごめんよ、うるさかったよね。本当に美味しくて、つい出ちゃって……」

「いえ……」

小さく頭を振って、ヒストリカは言う。

「うるさくは、ないです。美味しい、と言われると……私も、作った甲斐《かい》があります」

妙にカタコトなのは、希薄で汲《く》み取りづらい自分の気持ちを言葉にしているからだ。

「そっか、なら良かった」

ほのかに微笑んで、エリクはグラタンにフォークを伸ばした。

引き続き美味しい美味しいと言いながら夕食を食べてくれるエリクを見て、お昼ご飯の時にも感じた温かい感覚を、ヒストリカは覚える。

(なんなのでしょう、この感覚は……)

胸にそっと手を当てて、少しだけ首を傾げるヒストリカであった。

◇◇◇

「さて、じゃあ僕は仕事に戻るよ」

「仕事?」

夕食後。

エリクの言葉に、ヒストリカが冷たい声で返した。

「もしかして、まだ仕事を続けると仰りました？」

「うん、そのつもりだけど……」

「今日の分が終わらなかったのですか？」

「いや、今日の分は……おかげ様で終わったよ。明日の分にも手をつけて、少し余裕を持たせようかなと思って」

「でしたら、今日はもう仕事はおしまいです。お風呂に入って、ゆっくりして、早めに寝ましょう」

ヒストリカが言うと、エリクは「えっ」と目を丸くする。

「いやでも、せっかくまだ時間があるんだから、明日の分もやっておきたいというか……」

「明日の分は明日やりましょう。人間が一日に発揮出来る集中力は限られているのです。朝から日中にかけては集中力も高く、仕事にはもってこいですが、この時間になると頭はヘトヘトに疲れています。なのでこれ以上やっても、効率が悪い上に強いストレスを感じてくるかと」

ヒストリカの言葉にエリクは言葉を詰まらせた後、ぽつりと言う。

「……毎日夜遅くまで仕事をしていたから、ここで止《や》めるのは落ち着かないんだ」

「やはり、それが理由ですか」

小さく嘆息してから、ヒストリカは子供に言い聞かせるみたいに言う。

「いいですか。現状のエリク様はまだ、身体が回復し切っていません。確かに昨日は睡眠をしっかり取れたかもしれませんが、回復は一時的なものです。今まで過度な労働を続けてきた反動で、身体は慢性的にボロボロになっているはずなので、しばらくは無理をしない事を心がけてください。本当なら日中も仕事をせずに回復に努めて欲しいくらいなんですが……」

そこで、ヒストリカは言葉を切った。

エリクが纏う空気が、みるみるうちに下降していく気配を感じ取ったからだ。

しん、と静寂が舞い降りる。

エリクの表情に陰りが差していた。

ぎゅっと唇を結んで、落ち込んでいるように見える。

この反応に、ヒストリカは覚えがあった。

いつだったか。

元婚約者のハリーに、女性関係の素行が悪い点について注意をした時。

ハリーは不貞腐《ふてくさ》れた様子で言った。

——小言ばっかりでうるさいなあ。そんなに人を口撃して、楽しいか？

その時のハリーと、エリクが重なった。

どくんっと心臓が跳ねて、身体から体温が引いていく。

ヒストリカはハッとした。

今日一日、自分がエリクに浴びせた言葉を思い返す。

——起きて朝食も食べずに仕事に取り掛かるなんて、正気ですか？

——ダメです。野菜も食べないと、栄養が偏ります。

——今日はもう仕事はおしまいです。お風呂に入って、ゆっくりして、早めに寝ましょう。

……どう解釈しても、口うるさい小言女である。

言葉だけではない。

朝起きてから白湯《さゆ》を飲ませ、散歩に連れ出し、毎回の食事の内容も決めて、仕事中はストレッチを指示し、夕食後は仕事を強制的に終わらせにかかる……。

完全に、エリクの行動を支配しにかかっている悪妻の如《ごと》きである。

女の自分にここまで行動を決められて、男のエリクが腹が立たないわけがない。

昨日、エリクはありのままでいて欲しいと言ってくれたが、流石にこれは度を越しているだろう。

そもそも自分は嫁いできてまだ一日しか経《た》っていないのに、何様のつもりだろうか。

冷静に自分の言動を振り返って、公爵家に嫁いできた令嬢が取るべき振る舞いではないと気づく。

（サポート役と決めていたのに……出過ぎた真似《まね》を……）

先日、婚約破棄をされた際に感じた、惨めで虚《むな》しい感覚が蘇《よみがえ》る。

もうあんな思いはしたくないと、ヒストリカは思った。

思ったら、勝手に身体が動いていた。

「様々なご無礼、大変申し訳ございませんでした」

跪《ひざまず》き、両手と頭を床につけ、ヒストリカが誠心誠意の謝罪を口にした。

「えっ、ちょ!?　ヒストリカ!?　何してるの!?」

ヒストリカが突然平伏した事に、エリクがわかりやすく狼狽《ろうばい》する。

「子爵家から嫁いできた女の分際であれをしろこれをしろと、出過ぎた真似をしてしまいました。本当に、申し訳ございませんでした」

もう一度、自分の犯した罪についての謝罪を言葉にするヒストリカ。

「頭を上げて、立ち上がってくれ、ヒストリカ」

「いえ、ですが……」

「いいから」

普段のエリクらしくない強い声色に、ヒストリカは従う。

立ち上がってすぐに、エリクは言った。

「ヒストリカが謝る事は一つもないよ。無礼なんて、とんでもない。むしろ僕は、君に感謝しているんだ」

「しかし……先ほどのエリク様は、不服そうに見えました」

「あっ、あー……ごめん。そう見えちゃったか……」

バツが悪そうに頭を掻いて、エリクは言う。

「ヒストリカの指摘が的確過ぎて、自分が情けなくなっただけだよ。まだ身体が回復し切ってないんだから無理はするなって、まさにその通り過ぎてさ。視野が狭くなって、ただ仕事しか見えていない自分に呆《あき》れたというか……とにかく、ヒストリカに腹が立ったとか、そういうのは全然ないから」

エリクの言葉に、ヒストリカは目を丸くする。

胸に怯《おび》えを感じ取りながら、恐る恐る尋ねた。

「エリク様は……気にならないのですか？」

「何がだい？」

「女である私に、こうやって上からものを言われて、従うように強制されて……」

「いや、全然？」

何も気にしていないといった表情で答えるエリクに、ヒストリカが少なからず驚きを覚えた。

「ヒストリカが、僕の体調を慮《おもんぱか》って言ってくれてるのは、わかるからさ。それに腹を立てる事自体おかしな話だろう？　むしろ、こんな僕のことを気遣って、行動してくれて……とても、嬉しく思ってる」

何を当たり前の事をとばかりにエリクは言う。

まさかそんな返答が来るとは思っておらず、ヒストリカは次の言葉を失ってしまった。

少し間を置いて、ヒストリカは尋ねる。

「なぜ……エリク様は、そういう事を言えるんですか？」

「そういう事、とは？」

「申し訳ございません、わかりやすく言い換えます」

頭を回してから、改めて口を開く。

「……ヒーデル王国は、男尊女卑の風潮が強い国です。特に貴族の世界では、顕著に見られます」

昨日今日で感じていた疑問を、ヒストリカは投げかけた。

「ですが、エリク様からそのような気配を全く感じません……なぜでしょうか？」

ずっと、疑問に思っていた。

出会ってから今までエリクは、ヒストリカの言動に対し腹を立てたり、鬱陶しがったりする気配が皆無だった。

普通の男性貴族……例えばハリーなら、少なくとも十回は怒号を響かせているだろうに。

という意図を含んだヒストリカの問いかけに、エリクは困ったような顔をした。

「考えたこともなかったな……」

そう言ってから、顎に手を添えて考え込む。

しばらく経ってから、エリクは言葉を口にした。

「色々理由がありそうだけど、一番は……姉、かな」

「お姉様、ですか？」

「うん、僕の二つ上なんだけどね」

エリクは続ける。

「確かに子供の頃は両親から、男の方が優れているという教育をされて育った。男の方が力が強い、頭も良い、だから女よりも偉い、みたいな。周りもそんな感じの考えを持ってる人が多かったから、僕もなんとなくそういうものなのかな、って思っていた」

記憶を掘り起こすようにエリクは語る。

「とはいえ、僕は生まれつきそこまで身体が強くなくてね。それに比べて、姉は強かった。かけっこはいつも僕より速かったし、喧嘩《けんか》も一度も勝てたことがない。唯一勝ててたのは……勉強くらいかな」

どこか自嘲めいた声色でエリクは言う。

「それもあって、そもそも男の方が女よりも優れてるとか、実感を持てなかったんだよね。だって、僕より強いんだもの。そんな中、僕の価値観が変わった決定的な出来事があった……」

懐かしむように目を細めてエリクは続ける。

「何歳くらいだったかな。まだ十歳にもなってない頃だったと思うけど、姉と山に冒険に行って、道に迷ってしまったことがあってね。彷徨《さまよ》っているうちに、どんどん山の奥深くまで進んでいってしまって、もっと場所がわからなくなって……ちょうど冬の季節だから、帰れなかったら本格的にまずいかもしれない、って状況だった」

エリクが語る話に、ヒストリカは耳を傾ける。

「そんな時、ふと僕は、切り株の断面を見れば方向がわかる事を思い出したんだ。それで、家のある方向がわかった。あの時は、姉は僕を凄く褒めてくれたなー。お前は天才だって。そこまでは良かったんだけど……」

エリクが苦笑する。

「これまた情けない事に、僕が力尽きちゃって。もう一歩も歩けない……ってなった時に、姉が僕をおんぶして下山してくれたんだ。陽《ひ》が完全に落ちる前に見覚えのある道に出て、それで助かった」

昔の思い出話のはずなのに、ヒストリカは思わず小さな息をついた。

「その時、思ったんだ。男の方が偉いとか、女の方が偉いとか、そういう考えはくだらない……というか、意味のない事で、ただそれぞれが得意な事を協力し合っていく事が大事なんじゃ、みたいな……ちょっと言葉がまとまらなくて申し訳ないけど」

「いえ……」

ヒストリカは頭を振って、エリクの話の感想を一言に纏める。

「素敵な、お話でした」

ヒストリカが言うと、エリクは再び苦笑を浮かべる。

「まあ、理由はそれだけじゃないとは思うけどね。僕自身の元々の性格もあるだろうし、単に自分に自信がないだけ、というのもある」

「話を聞いた限りでは、エリク様は生まれつき、競争には向かない性質のように見えますね」

「社交界の連中からすると、男として情けなく無いのかって怒られそうだけど、実際そうだと思うよ」

あっけらかんと言ってから、エリクは話を纏める。

「兎《と》にも角《かく》にも、僕の考え方の根底には姉からの影響があって、男女どっちが凄いとか全く拘《こだわ》りがないと思っているのは、確かってところ……って、こんな感じの回答でいいのかな？」

「はい、充分です。ありがとうございました」

深々と、ヒストリカは頭を下げた後。

「とても素敵な考え方をお持ちだなと、思いました」

本心から溢れ出た言葉を、口にした。

この国の男尊女卑の風潮にはヒストリカ自身、疑念を抱いていた。

子供の頃から男性優位の空気に晒《さら》されていた。

だから、最初からそういうものだとヒストリカも思っていた。

しかし貴族学校で、誰よりも努力をしトップの成績を取り続けていたのに、女というだけで周りから妬まれ敵意の視線を向けられた事にヒストリカは内心で理不尽な思いを抱いていた。

成績の結果と男女は切り分けて考えるべきでは？

どうして努力をしている自分が、女というだけで敵意を向けられないといけないの？

ハリーに関してだってそうだ。

明らかにその行動は婚約者として、一貴族としておかしいですよねと指摘すると、ハリーは決まって「女のくせに」だの「男の俺に黙って従え」だの、男女を根拠に反発してきた。

だけどエリクは、そんな事をしない。

男女関係なく対等に接してくれる。

自分が良かれと思ってやった事をちゃんと評価してくれて、「ありがとう」と口にしてくれる。

そんな彼の姿勢に、惹《ひ》かれている自分に気づく。

いつの間にか、胸の辺りがぽかぽかと温かくなっていた。

(なんでしょう、この気持ちは……)

自分の感情に疎いヒストリカは、この気持ちを言語化出来ない。

でも、悪くない気持ちだという事は、なんとなくわかるヒストリカであった。

◇◇◇

夕食後、ヒストリカが自室のベッドに腰掛けていると部屋にノックの音が響いた。

(ソフィかしら?)

「ハミルトンです。少しお時間よろしいでしょうか?」

「……どうぞ」

「失礼いたします」

入室してきたのは、カッチリと執事服を着こなしたハミルトン。

屋敷に到着した際に挨拶をして以来の対面だった。

「お休みのところ、突然お尋ねして申し訳ございません」

「ううん、気にしないで。……何かあったの？」

僅かに背筋に伸ばしてヒストリカは尋ねた。ハミルトンは使用人を纏める長《おさ》にして、この屋敷の管理回りも担う立場。そんな彼が訪ねてくる理由の心当たりがヒストリカには無かった。

ハミルトンは目元を優しげに緩めて口を開く。

「コリンヌから聞きました。エリク様を強制的に休ませた、と」

ハミルトンの言葉に、ヒストリカは眉を顰《ひそ》めた。

「ええ。身体も精神も限界だったようなので」

当たり障りのない言葉を返しながらヒストリカは頭を回転させる。

（もしかして、ハミルトンがエリク様に無茶をさせていた……？）

公爵家の当主としてエリクがこなさなければならない仕事を、ハミルトンが管理していたとしたら。エリクの仕事を強制終了させたヒストリカには、苦言の一つや二つ言いたくなるだろう。

今後、エリクの仕事の邪魔をするなとハミルトンは進言しに来たのかもしれない。

（だとしても、エリク様の健康が優先ね）

エリクには無理をさせない。最悪ハミルトンや、この屋敷の使用人一同と対立することになったとしても、ヒストリカはそう決めていた。一瞬の間に、頭の中でそんな考えを巡らせていると。

「ヒストリカ様、この度は本当にありがとうございました」

突然、ハミルトンが深々と頭を下げた。

「え、え……？」

予想しなかった行動に、ヒストリカの澄んだ瞳が僅かに見開かれる。

「私は執事長として、以前エリク様に生活の改善を進言しました。しかし、仕事が優先の一点張りで聞き入れていただけず……どうにか助けようにも部屋に籠りがちで、エリク様がどんどん弱っていっても手の打ちようがございませんでした」

憂うように、ハミルトンは目を細める。

その目尻に刻まれた深い皺《しわ》からは並々ならぬ苦労が窺《うかが》えた。

「しかしヒストリカ様のおかげで、エリク様は久方ぶりの休息を取ることが出来ました。それは私にとって、非常に喜ばしいことです。重ねてお礼申し上げます」

そこまで言われて、ハミルトンに感謝されているのだとヒストリカは理解した。

ハミルトンはずっとエリクの体調を気遣っていて、ヒストリカのおかげでようやく休息をとってくれたことを喜んでいた、と。

完全に悪い方に邪推していたことに、ヒストリカは頭を抱えた。

「いかがなされました、ヒストリカ様？」

「気にしないで。自分の捻《ひね》くれ加減が、ちょっと恥ずかしくなっただけ」

「……？　左様でございますか？」

首を傾げるハミルトン。

しかしやがて「差し出がましいお願いではございますが……」と切り出して言った。

「ヒストリカ様にはこれからも、エリク様を気遣っていただきたいです」

嘘偽りのない、心から紡がれた言葉だった。

ゆっくりと、ヒストリカは頭を振る。

「差し出がましくなんかありませんよ」

ハミルトンの目をまっすぐ見て、ヒストリカは約束するように言う。

「私とエリク様は夫婦なのですから。妻が夫の体調を気遣うのは当たり前です。これからも、エリク様が不健康の道を突っ走らぬよう、目を光らせる所存です」

「それを聞いて安心しました」

ハミルトンの口元が心底安堵《あんど》したように緩む。

「もしお困りごとなどございましたら、遠慮なくお申し付けください。私どもに出来ることでしたら、なんなりと力になりますので」

「ありがとう、ハミルトン」

この一連のやりとりを経て、ヒストリカの使命感にいっそう熱が灯《とも》る。

（なんとしてでも、エリク様を健康体にしないと……）

改めて、そう決意するヒストリカであった。

◇◇◇

ハミルトンが退室した後。

「ふう……」

ヒストリカが大きく息をつくと、身体の強張《こわば》りが抜けていく。

「お疲れ様でした、ヒストリカ様！」

ハミルトンと入れ替わりでやってきたソフィの明るい声を聞くと、いっそう緊張感がほぐれた。

「熱いおしぼりをどうぞ」

「ありがとう、ソフィ」

熱々のおしぼりをソフィから受け取った後、ヒストリカはそれを自分の両目に当てて、ベッドに仰《あお》向《む》けに倒れ込んだ。

今日一日酷使した両目にじんわりと熱が灯って、パサパサになっていた血流が巡り始める感覚。

目だけでなく、頭もふわふわするような気持ちよさがあった。

「ヒストリカ様、それ好きですよね」

真っ暗な視界の中、ソフィの微笑ましそうな声が聞こえる。

「シンプルな方法だけど、疲れ目にとても効くのよ。肩凝りとかにも効果《こうか》覿面《てきめん》だし。あと、単純に気持ち良い……」

いつもの硬い声色よりも幾分か緩んだ調子でヒストリカは言う。

読書や勉強など、視力を酷使した日は決まってヒストリカは目を温めていた。

これをやるとやらないとでは全然違う。

書類仕事で目を使いがちなエリクに、明日にでも教えようと思った。

「ヒストリカ様も、今日は本をたくさん読みましたからねー」

「本というか、レシピがメインだったけどね」

大した事はしていないとばかりに、ヒストリカは答える。

エリクが書類仕事をしていた一方で、ヒストリカは実家から持ってきた本を読み込んでいた。

読んでいたのは娯楽小説ではなく、食や料理に関する本。

今までヒストリカが得た知識は、高祖父が持ってきた資料を除いて勉強に関係のないものは皆無だった。

それゆえに、今回嫁ぐにあたってエリクをサポートをすると決めた時、料理に関する知識はあった方が良いだろうと数々の関連書籍を購入していた。

男性が好きそうなガッツリ系の料理のレシピはそこそこ頭に入れておいたのだが、まさかあそこまでエリクが弱っているとは思っておらず、あっさりとした控えめな料理の知識がすっぽりと抜け落ちていた状態だった。

というわけで今日、胃腸が弱っているであろうエリクに何を食べさせるのが最適か、高祖父の資料にあった食の知識と照らし合わせ、黙々と勉強し、朝、昼、夜とメニューを考えた次第である。

「裏でヒストリカ様がこんな努力をしていたのを知ったら、きっとエリク様もお喜びになりますね」

「言わないわよ。別に、大した事はしてないし」

妻として当然のことをしただけだ。

いちいちそれを言って褒めてもらおうだなんて気は、ヒストリカにはなかった。

そんなヒストリカの胸襟を察したソフィは「相変わらずですねぇ」と苦笑を浮かべた。

「何はともあれ、とりあえずいち段落って感じですか?」

「そうね。今日はもう、ゆっくりするだけよ」

結局、今日はこれ以上仕事をするなというヒストリカの提案をエリクは受け入れてくれた。

今頃お風呂にでも入って、今日一日の疲れを癒してくれていることだろう。

「ソフィも、色々ありがとう」

「私、何かしましたっけ？」

「私が屋敷内で色々動く事に関して、使用人やシェフたちへの説明とか、理解を求めてくれたりとか……ソフィがいなかったら、ここまで円滑に事を運ぶ事が出来なかったわ」

「いえいえ！　私は自分の得意な事をしただけですよ」

ソフィが言うと、ヒストリカはむくりと起き上がる。

ぺちりとおしぼりが落ちて、ジト目の双眸《そうぼう》が姿を現した。

「それ、暗に私がコミュニケーションが不得意って言ってる？」

「え？　今更ですか？」

きょとんとした表情で答えるソフィに、ヒストリカは言う。

「それなりに交渉事は得意だし、やりとりに必要な語彙も人並み以上にはあると思うのだけど」

「んんー、それはそうなんですけど……」

眉をへの字にして、ソフィは言う。

「なんというか、ヒストリカ様は情緒的なやりとりが苦手じゃないですか。結構、ズバズバとそのまま正論を言ってしまって、相手の機嫌を損ねるというか」

「……それは、否定出来ないわね」

ハリーとの一件や、昨日今日のエリクとのやりとりを思い出して、ヒストリカは悪戯《いたずら》がばれた子供みたいに目を逸《そ》らす。

「相手の気持ちに立って言い回しに気を遣う、伝え方を柔らかくする、みたいなのもコミュニケーションの力だと思うんです」

「…………正しいわ」

現にそれが出来なくて、人間関係が拗《こじ》れた事も多い。

幸いなことに今のところ、エリクは全て受け入れてくれているが、それは単に彼の心が広いだけだ。

自分でも、もう少しどうにかならないのかと悩みの種ではあったが、どうすればいいのかわからない。

勉強ばかりに時間を使ってずっと一人だったから、人との関係に関する知識や経験値がヒストリカからはすっぽりと抜け落ちていた。

「ソフィが羨ましいわ」

「えへへへへへ～、褒められました～」

花がぱあっと咲くような笑みを浮かべて、ソフィが頭を掻く。

「でも、私はこのくらいしか取り柄がないですよ。逆に私はヒストリカ様のような聡明《そうめい》さも、知識の量もないので、羨ましいなって思ってます」

「お互い、ないものねだりって事ね」

「そういう事です。出来ない事は出来ない、出来る事をする。それでいいと思いますが……」

ふと思いついたように、ソフィは言う。

「エリク様と一緒に過ごしていたら、ヒストリカ様も少しずつ出来るようになっていくと思いますよ」

「どういう意味？」

「そのうちわかるんじゃないですかねー」

にこにこ、ではなくニマニマ、といった笑みを浮かべるソフィに、ヒストリカは訝《いぶか》しげに首を傾げるのであった。

◇◇◇

夜、寝る準備を整えたエリクが自室で読書をしていると、コンコンとノックの音が鼓膜を叩《たた》く。

「どうぞ」

「失礼します」

寝巻き姿のヒストリカが、お盆にほかほか湯気の立つ二つのカップを載せて入ってきた。

「読書ですか？」

「うん。途中まで読んで、放置していた小説を読もうと思ってね」

「何よりです。今日は書類を持ち込んでいないようですね」

「流石にね」

苦笑するエリクのそばのテーブルに、ヒストリカがカップを置く。

「これは……」

「ホットミルクです。睡眠中にも水分は失われるので補給しておいた方が良いのと、人の身体の特性として体温が一度上がってその後下がるところで眠くなるので、就寝前に温かい飲み物を飲む事は眠りにスムーズに入るのに効果的なんですよ」

「なるほど、そんな嬉しい効果が……」

感心したように頷きつつ、エリクはカップを手に取る。

「なんだか、ホッとするな……」

「温かい飲み物には、リラックス作用もあるので」

「まったく、ヒストリカの知識の多さには恐れ入るよ」

情緒の欠片《かけら》もないヒストリカの返しだったが、エリクは何やら満足げだった。

「ふぁ……」

ホットミルクを飲み終えたタイミングで、エリクは大きな欠伸《あくび》を漏らした。

「ちゃんと眠気が来たようですね」

「うん……自然に来たのは、本当に久しぶりだよ」

「ホットミルクで副交感神経が刺激されたみたいですね。そろそろ寝ますか」

「明日も仕事があるしね、そうするとしようか」

目を擦《こす》るエリクに、ヒストリカが「そういえば」と口を開く。

「部屋を分けたのはエリク様の睡眠時間帯が不規則になるから、という認識で合っていますか？」

「そうだね。いつ寝られるかわかったもんじゃなくて、バタバタしちゃうだろうから分けたんだ」

「なるほど。では、規則正しく寝て起きる事が出来るのであれば、分ける必要は無いという事ですよね？」

「……うん、そうなるね」

「では、これからは一緒に寝ましょう」

「えっ……」

眠気が吹き飛んだように目を見開くエリク。

「驚くところですか？　昨日も一緒に寝たんですし、今更でしょう。そもそも夫婦なんですし、寝床を共にするのは当たり前の事かと」

「そ、そうだね。夫婦なんだから、なんらおかしい事はないよね……」

そう言う割には消極的というか、何やら挙動不審なエリク。

眉を顰めて、ヒストリカは尋ねる。

「……もしかして、私と一緒に寝るのは嫌……ですか？」

「あああああいや！　嫌とかそういうのは全然なくて！」

わたわたと両手を振って慌てたようにエリクは言う。

「いや本当に情けない話で申し訳ないのだけれど……改めて一緒に、ってなると……ちょっと、気後れしてしまうというか……」

「なるほど」

納得したように、ポンと手を打ってヒストリカは言う。

「ようするに、エリク様は女性慣れしていなくて、ベッドをご一緒するのが恥ずかしい、と……」

「うっ……はっきり言うね」

「申し訳ございません、直接的過ぎました」

「ああいや、良いよ。それこそ今更だし……そう言うヒストリカは動じていない辺り、色々慣れているみたいだね」

「私も全然ですよ。元婚約者とは手を繋いだ事くらいしかないですし」

「そうなんだ。慣れていないにしては、とても落ち着いているね」

「感情の起伏が少ないだけです。人並みに緊張はしていますよ、たぶん」

「緊張しているようには見えないけどね……でも、そっか……」

口元を微《かす》かに緩めて、エリクは言う。

「手を繋いだ事くらい、か……」

「……なぜ、ちょっと嬉しそうなのですか？」

ヒストリカが訝しげな目を向けると。

「……なんでだろう……ヒストリカが抱擁したり、添い寝したりした初めての相手が僕なんだと思うと……なぜか、嬉しい気持ちになった」

「…………」

「ヒストリカ？」

「……なんでもありません」

ほんの僅かに動揺が滲《にじ》んだ声で言った後、ヒストリカはこほんと咳払《せきばら》いする。

「とにかく、恥ずかしがってても仕方ないので一緒に寝ますよ。少しずつ、慣れていきましょう」

「う、うん。そうだね、ありがとう……」

何はともあれ、今日も二人で寝る運びとなった。

ヒストリカが部屋の明かりを落とした後、二人でベッドに潜り込む。

ヒストリカは特に動揺もなく淡々と、一方のエリクはどこかぎこちない様子で、それぞれの枕に頭をつける。

カーテンからの月明かりだけが、ぼんやりと部屋を照らしていた。

「あの」

なんとも言えない空気が漂う中、ヒストリカが口を開く。

「一つ、提案があるのですが」

「提案？」

ヒストリカにしては珍しく、少しばかり躊躇《ためら》いがちに言葉を紡いだ。

「寝る前に少し、抱擁をしませんか」

月明かりがぼんやりと照らす薄暗い部屋の空気を、ヒストリカの声が揺らす。

「ほう……よう……？」

ごそごそと毛布が擦れる音。

ヒストリカの方を向いて、エリクが初めて聞いた言葉みたいに言った。

「昨日したやつですよ」

エリクの方を向いてヒストリカが言う。

「それはわかるけど……どうして急に？」

「抱擁の効果は昨日話した通りです。今日一日仕事をしていて精神的な疲労が溜《た》まっていると思うので、抱擁で少しでも緩和出来ればなと……あと、エリク様はまだ、交感神経と副交感神経の切り替えがうまく出来ないでしょうから、スムーズに眠りに入るためにもした方が良いと考えます」

「な、なるほど……あくまでも身体のため、ってことね」

「第一の優先は身体のため、ではありますが……」

そこでヒストリカは言葉を切って、しばらく沈黙した後。

「なんと言いますか……私がしたくなったといいますか……」

淡白ないつものとは違う、ほんのりと感情を乗せた声。

含まれている感情は、恥じらい、戸惑い。

ヒストリカ自身、なぜそんな欲求を抱いたのかわかっていない口ぶりだった。

沈黙。

なんとも言えない空気が漂う。

「……変なことを言いました、申し訳ございません。嫌ですよね、忘れてください。先ほど欠伸をしてらっしゃいましたし、抱擁しなくても自然に眠れるとは思いま……」

「ううん」

衣擦《きぬず》れの音と共に、エリクが動いた。

ヒストリカに身体を寄せて、腕を伸ばす。

「嫌じゃないよ」

ぎゅっと、その小さな身体を抱き寄せた。

「……ほんとう、ですか？」

窺うようにヒストリカが尋ねる。

「本当だよ。らしくない理由だったから、ちょっとびっくりしたけど……僕も、ヒストリカとこうしたかった、と思う……」

ヒストリカと違って、わかりやすく恥じらいを滲ませるエリク。

「そう、ですか……」

おずおずとエリクに身を寄せ、自分よりも大きな身体に腕を回すヒストリカ。

「それなら、良かったです……」

安心したように言ってから目を閉じ、ヒストリカは深く息をつく。

エリクの温《ぬく》もり、存在を感じる事によって、胸がじんわりと温かくなる。

心なしか速い心音が鼓膜を震わせ、エリクから漂うほのかに甘い香りが鼻腔《びこう》をくすぐる度に、精神がどんどん落ち着いていった。

昨日は治療目的という事もあって余裕を感じる暇がなかったが、誰かに抱き締められるという状態は守られている感じがして落ち着くというか、言葉で言い表せない安らぎをもたらしてくれた。

今までずっと、一人だった。

両親から与えられたのは、愛の名を借りただけの攻撃的な感情で、安らぎを感じる暇はなかった。

だからこそ、はっきりとした実感を伴って身を包み込む温もりに、ヒストリカは大きな安心感を覚えた。

今になって、気づく。

なぜ自分が先ほど、エリクに『私が抱擁をしたくなった』と願い出たのか。

(温もりが……欲しかったのかも、しれませんね)

人間味が少ないとよく言われる自分が人並みな欲求を残していた事に、ヒストリカは一抹の驚きを覚えるのであった。

優しくて、ゆっくりとした時間が流れる。

抱擁には絶大なリラックス効果があるようで、今日一日の疲労がじわじわと溶けていく感覚をヒストリカは感じ取っていた。

「今日も一日、お疲れ様でした」

「ううん、ヒストリカも……本当に、色々ありがとうね」

労《いた》わるように掛けられた声が、ヒストリカの胸を温かくする。

「こんなにも気を遣ってもらうのは、久しぶりでさ……凄く、嬉しかったよ」

「お気になさらず。妻として当たり前のことをしたまでで……」

そっ……と、エリクがヒストリカの頭に触れた。

ヒストリカの肩がぴくんと震えるのも構わず、大きな手がゆっくりと髪を撫《な》でる。

「それでも、感謝してる」

エリクの声が、頭をじんじんと揺らす。

（なんでしょう、これは……）

色々と、凄い。

触れるか触れないかの力加減で優しく撫でられる度に、全身の力という力が抜けていく。

こんな感覚は、初めてだった。

「……大丈夫？　嫌じゃない？」

「嫌じゃない、です……むしろ……」

エリクの手に、頭を擦り寄せて言う。

「良い感じかもしれません……」

「ふふ、そっか」

そう言うエリクはどこか嬉しそうだった。

普段はどこか頼り無げなエリクだが、よりにもよってこんな時に男らしさを出してきている。

そのギャップに、ヒストリカの思考は見事に乱された。

先ほども言った通り、昨日の治療行為を除くとヒストリカの男性経験は手を繋いだ事があるくらい。

強い精神力を持ち感情の起伏は少ないヒストリカだが、人並みに恥じらいはある。

異性に抱き締められて頭を撫でられるというこの状態は、端的にいうとヒストリカには刺激が強すぎた。

自分の意思とは関係なく顔が熱くなっていく。

不整脈を疑うような奇妙な鼓動を心臓が刻んでいる。

このような感情を抱いた事が乏しいヒストリカは、動揺した。

おおいに、戸惑った。

しかし同時に、心地よい疲労と、エリクに撫でられる度に増えていく安寧が、ヒストリカに眠気をもたらした。

動揺と、安心。

その二つがせめぎ合った結果、僅差で後者が先頭に躍り出た。

「……ヒストリカ？」

エリクの声が遠くに感じる。

微かに口は開くも、そこまでだった。

思考がぼんやりしていて、言葉が頭に浮かばない。

今日一日の疲労と、エリクがもたらしてくれた睡眠欲に抗《あらが》えず、ヒストリカは意識をゆっくりと手放した。

◇◇◇

（寝ちゃったか……）

腕の中ですぅすぅと寝息を立てるヒストリカを見て、エリクは腕の力を緩める。

ヒストリカの方が疲れていたのか、先に寝落ちしてしまったようだ。

新しい環境に来てから二日目という事に加えて、毎食の準備を始めとしたエリクに対する数々のサポートなど、相当動き回っていたのだろうから無理もない。

感謝の気持ちが湧いて、エリクはお礼をするようにヒストリカの頭をもう一度優しく撫でた。

(なんだか、不思議な感覚だな……)

日中は毅然《きぜん》としているヒストリカが今、自分の腕の中で無防備な寝顔を晒している。

先ほどヒストリカの方から抱擁をしたいと言われた時は、まるで母の愛情を求める子猫のように甘えられている気がして、庇護欲《ひごよく》を掻き立てられた。

ヒストリカを抱き締めた後も、その気持ちは大きくなった。

そしてつい、頭を撫でてしまうという自分らしくない行動を取ってしまったわけだが、受け入れてくれたようで一安心だ。

(気は許してくれているようで、良かった……)

何はともあれその結論に行き着いて、ほっと息をつくエリクであった。

とはいえ――。

(目が、覚めてしまった……)

先ほどから鼓動が大きく高鳴っていて、体温も急激に上昇してしまっている。

エリクも、異性と触れ合った経験は皆無に等しい。

十代前半には婚約者がいたものの、お互いが奥手だった事もありなかなか仲が深まらず、最終的には擦れ違いに近い形で別れている。

その後から体調を崩し始め、ボロボロになった容姿が原因で令嬢から逃げられるようになり、結局ほとんど経験のないままこの歳《とし》になってしまった。

そのため、吐息が聞こえるような距離で異性が寝ているという今の状況に並々ならぬ緊張を覚えていた。

それもエリクから見て、ヒストリカの容貌はとても魅力的に映っている。

一般的に見ても相当な美人の部類に入るのではないだろうか。

顔立ちは一流の彫刻細工のように整っていて、鼻筋はスッと高く、肌は雪のように白い。

身体つきも程よく引き締まっており、出るところはちゃんと出ている。

自分なんかが隣に並ぶのは申し訳なくなるぐらい、ヒストリカは魅力的な女性だった。

身体の前部分に当たる柔らかい感触が、思った以上に高い体温が、頭がくらくらしそうになるほどの甘い香りが、エリクの精神をぐわんぐわんと揺らす。

エリクとて一人の男である以上、色々なところが反応してしまうのは無理もない話であった。

（いけない、このままではいけない……）

妻とはいえ、意識のない相手に欲情するのはなんとなく嫌だと思った。

（一旦、落ち着かせよう……）

そう決めた後、エリクはゆっくりとヒストリカから身体を離し、ベッドから降りた。

そのまま静かに部屋を抜け出し、厠《かわや》へ向かう。

閉鎖的な空間で用を足す事なく、しばらく煩悩を払う事に意識を集中させた。

じきに鼓動の速さが元に戻ってきて、体温も正常になってくる。

自分がすっかり落ち着いたことを確認し、廊下に出ると。

「あっ、エリク様」

「!?」

突然掛けられた声に、悪いことをしていたわけでもないのに飛び上がってしまった。

「あ、申し訳ございません。驚かせてしまいましたか」

「君は……」

再びバクバクと跳ねる心臓を宥《なだ》めながら、その人物に目を向ける。

「こんばんは、ソフィです」

ぺこりと使用人が頭を下げた。

そういえば昨日、挨拶に来たヒストリカのお付きの子だと記憶が蘇る。

「もうお休みになったのかと思ってました」

「うん。ヒストリカは、部屋で寝ているよ」

「なるほど。エリク様はお手洗いに?」

「そう、だよ……」

別に用を足したわけではなく、ヒストリカに魅了されて乱れた心を落ち着かせに来たという実情を押し隠してエリクは言う。

しかし、どこかの主とは違って高い空気察知能力を持つソフィは、エリクが纏う微妙な空気を敏感に感じ取ったようで。

「あっ、ああ……あああ〜!!　そういうことですね……!!」

にまにまと、微笑ましい表情を浮かべてソフィは言った。

「大丈夫ですか？　替えの下着を持ってきましょうか？」

「何か勘違いをしていないかい？」

「私は気にしませんよ！　夫婦なんですから、なんの問題もございません」

「やっぱり勘違いをしているね！　君が思っているような事は一切ないから、本当に！」

必死に弁明するようなエリクに、ソフィは「その様子だと、何か起こったわけではないみたいですね」と、どこか期待が外れたみたいに言った。

「今日こそは初夜に違いありませんと、そわそわしていた私が馬鹿みたいに思えてきました」

「なんて事を考えてるんだ……今日はヒストリカの方が先に寝ちゃったし、それに……」

目線をソフィから逸らし、たどたどしくエリクは言う。

「そういうのは、お互いの気持ちが通じ合っている事が、大事だと思うから……」

「はあ……なるほど……」

気のせいだろうか。

なんだこのヘタレは、みたいな目を向けられている気がするのは。

「エリク様もこの調子だと、初夜までの道のりは長そうですね……」

「なんだって？」

「なんでもございません。早とちりしてしまい、申し訳ございませんでした」

「いや……こちらこそ、惑わせてしまってすまない」

「いえいえ、ヒストリカ様もああ見えてとても奥手ですからね。進展は亀の如しといったところでしょう」

「さっきから君は、何を言ってるんだい？」

「こちらの話でございますよ。それでは、お足元にお気をつけて。おやすみなさいませ」

「あ、ああ、お休み……」

ソフィに見送られて、エリクは歩き出す。

ヒストリカとは方向性が真反対の使用人だなと思いながら部屋に戻った。

再びベッドに舞い戻るなり、ヒストリカがエリクに身を寄せてきた。

「ん……」

（起こしてしまったか……）

どこ行ってたのと言わんばかりに、腕を絡めてくる。

心配になったが、すぐに規則正しい寝息に戻った。

ほっと、エリクは胸を撫で下ろす。再び密着する形になってしまったが、厠での心頭滅却が効いたのか今度は煩悩が昂《たかぶ》る様子もない。

ほどなくして、眠気が戻ってきた。

最後にエリクは、ヒストリカの額にそっと自分の口を触れさせて。

「おやすみヒストリカ」

静かに囁《ささや》いた後、ゆっくりと眠りの世界に落ちていった。

◇◇◇

(さっきの、なに……？？？？？？？？？？？？？？？？？？？？？？？？？？？？？？？)

自分の身に起こった事に対して、ヒストリカは頭の中を『？？？』で覆い尽くした。

エリクに抱き締められたまま眠りに落ちてしまったが、そこまで深いところまで寝入っていなかった。

エリクがお手洗いに行って、布団に帰ってきたタイミングで一度ぼんやりと目を覚ました。

何を思ったのか(そもそも何も考えていなかったと思うけど)、再び隣にやってきたエリクに身を寄せて、自分以外の体温にホッとしていると……。

……突然、額にふにっと柔らかい感触が触れて完全に意識が覚醒した。

エリクに口づけをされたと頭が理解した瞬間、全身のありとあらゆる箇所に血が巡ってばちっと両目が開いた。その入れ替わりでエリクは本格的に眠りの態勢に入ったらしく、隣で規則正しい寝息を立て始める。

(そんな大胆な事、する人だったの……?)

女性慣れしていなくて、どちらかというと引っ張るより引っ張られるタイプの男性、という印象をエリクには持っていた。

しかし抱擁した時に優しく撫でてくれたり、不意に額に接吻《せっぷん》してきたり……。

男性の本能的なものもしっかり持ち合わせていた事に、ヒストリカの認識が追いついていない。

あえて見方を改めるのであれば、外側は草食に見えるのに中身は肉食、といったところだろうか。

今日の夕食に作ったメイン料理を思い出す。

とんだロールキャベツ男だと、ヒストリカはエリクに対する認識を修正した。

(……頬が、熱いわ)

そっと、自分の頬に触れてヒストリカは思う。

心臓もドキドキと普段よりも速い鼓動を奏でている。

心なしか呼吸も浅くなっていた。

自分が思った以上に感情を乱されている事に、ヒストリカは驚く。

普段、起きている時は常に思考を巡らせていて、相手が次に何をするか何を言うのかを想像しているため、ある程度心の準備というものが出来ている。

でも、不意打ちはいけない。

寝ている時などなんの防御もしていない状態でやられるのは、いくら氷の令嬢ヒストリカとて動揺をせざるを得なかった。

（結局、どういう意図だったの……）

何を思って、エリクは口づけしてきたのか。

自分の感情すら言語化出来ないヒストリカに、他人の気持ちがわかるわけがない。

当のエリクはそんなヒストリカの困惑など露知らず、すやすやと気持ちよさそうにおやすみ中。

起こして意図を聞くわけにもいかないし、明日わざわざ掘り返して尋ねるような事も出来ないだろう。結局、エリクの行動の意図はわからずじまいで、ヒストリカはただ悶々《もんもん》とするしかないのであった。

ただ一つ、わかった事があるとすれば。

（エリク様を……魅力的な男性だと認識している……？）

当初はお互いの利益が一致しただけの愛の乏しい結婚だと思っていたが、昨日今日と時間を過ごす中で少しずつその認識が変化していた。

ハリーと婚約している時には無かった感情を、エリクに対して抱きつつあった。

その感情の言語化を試みるが、結局てんで見当もつかない。

ヒストリカがその感情の正体に気づくまで、もうしばらく時間がかかりそうだった。

第四章　訪れる変化

翌日も、ヒストリカが先に起きた。

今日はどんな風に一日を過ごそうかとベッドの上で考えた結果、昨日と同じようにしようというところに落ち着いた。

ヒストリカの頭の中には、健康に良い作用をもたらす知識がまだまだあったが、いっぺんにやってもらっても窮屈に感じるだろうし、昨日一日の流れで充分健康的なため、まずはこのルーティンを繰り返して慣れてもらおうという判断であった。

というわけで、後から起きたエリクと一緒に白湯《さゆ》を飲んで、散歩へ行き、朝食を食べる。

それからエリクは仕事に取り掛かった。

後から聞いたところ、エリクは仕事中のストレッチを言われた通り定期的に行なっているらしく、腰痛や肩こりといった不具合が治まってきているらしかった。

とても良い傾向である。

太陽が空の真ん中あたりに来ると昼食の時間である。

昨日に引き続き気分転換も兼ねて、外で食べられる健康的なメニューを考案した結果、トマトたっぷり冷製パスタとサラダ、温かいポトフという昼食になった。

さっぱりトマトとガーリックオイルが絡み合って、冷たくても美味《おい》しいとエリクにはとても好評だった。

エリクが午後の仕事に入るとヒストリカにも空いた時間が出来たので、屋敷内を散策したり読書をしたりと気の向くままに過ごした。

何かしら家の事を手伝わされていたり、両親からあれこれ言われたりして気が休まる暇がなかった実家の時と比べると、とても穏やかな時間であった。

夕方になるとエリクは仕事を（ヒストリカがやってきて半ば強制的に）切り上げるので、それから夕食を一緒に食べる。

ヒストリカがシェフに作ってもらった粒つぶマスタードと塩レモンのハンバーグも、エリクにはとても好評だった。

夕食後はティータイムを楽しみ、入浴して、寝るまで各々好きな事をゆっくりとする。

その時に一つだけ新しく、熱いおしぼりを目に乗せてじんわりと疲れを取る、ヒストリカもお気に入りの知識を伝授した。

「これは……そのまま寝てしまうかもしれない……」

と椅子でグースカし始めたエリクを「寝るならちゃんとベッドで寝てください」と揺らし起こしたのも微笑《ほほえ》ましい一幕であった。

寝る時は一緒のベッドで、どちらかが言う事もなく自然な流れでお互いを抱き締め合い、一日の疲れを癒しながら穏やかに眠りについた。

結局、昨晩の一連の出来事について話題に上る事はなかった。

そんな一日を、次の日も行った。

次の日も、その次の日も同じような一日を過ごした。

日を追うごとに、エリクの体調がどんどん良くなっていっている実感があったし、ボロボロだった容貌も少しずつ変化していくのも見てとれた。

当初の目的であったエリクのサポートという役割は存分に発揮出来ているようで、ヒストリカ的には満足な日々を過ごせているのであった。

◇◇◇

「日に日に顔色が良くなっていきますね」

とある昼下がりの仕事中。

王城に送る書類を取りに来たハミルトンが、エリクの顔を見るなり言った。

「……やっぱり、ハミルトンもそう思う？」

「ええ。ここ最近、すっかり変わったように思います」

どこか弾んだ調子で言うハミルトンに、エリクの口元が思わず緩む。

「ありがとう。顔色含めて、身体《からだ》の調子が良くなっている実感は、凄《すご》くあるよ」

コリンヌに淹《い》れてもらったコーヒーを啜《すす》りながら、思い起こす。

ヒストリカが来てから一週間。

その中で、エリクは様々な変化を感じ取っていた。

ヒストリカの指導のもと、エスパニア帝国の精神医学に基づいた健康的な生活を送るようになったおかげで不眠が解消。

日中の活力も段違いに上がって、仕事の効率も目に見えて上昇した。

そのおかげで納期に忙殺されるような事もなくなり、心にも余裕が出来た。

結果、落ち込みがちだった気分も向上し、感情も全般的に前向きになっていく。ヒストリカが来る前は灰色だった世界が今や、たくさんの彩と輝きを放っているように見えていた。

これだけでも素晴らしいのだが、見てわかりやすい変化といえばやはり外見面だろう。

バランスが良く栄養もたっぷりな食事を毎食摂《と》っているおかげで、ガサガサだった肌に潤いが戻り、痩《こ》けていた頰や身体に少しずつ肉付きも増してきた。

しっかりとした睡眠をとっているのもあって、目元のクマもだいぶ改善されている。

まだまだ身体は細いし顔立ちから病人感は抜けきらないが、以前と比べるとかなりマシになったと言えよう。

「ヒストリカ様のおかげですね」

コリンヌは微笑みを浮かべて言う。

「うん、本当に」

そういえばと、エリクはコリンヌに尋ねる。

「ヒストリカとは、仲良くやれてる？」

「仲良く、ですか？」

「彼女はちょっと物言いが直接的というか、棘《とげ》がある部分もあるから……何かトラブルとかは、大丈夫かなと……」

ヒストリカはエリクの健康改善と称して細かい部分の片付けをしたり、調理場に入って料理をしたりと、本来使用人がやるべき部分にも立ち入っていると聞く。

その中で何かしら軋轢《あつれき》や小競り合いが起きてはいないか、心配して尋ねた次第だ。

エリクの問いに、コリンヌはにっこりと笑って答えた。

「エリク様がご心配なさるような事は何もございませんよ。最初のうちはヒストリカ様お付きのソフィが間に入ってくださいまして、すぐに打ち解ける事が出来ました」

「ああ、ソフィが」

確かに、最初はヒストリカではなくソフィを通じて話を通したとなると、この屋敷の使用人とのやりとりもスムーズに行えただろう。

非常に良い采配だと、エリクは感心した。

「ヒストリカ様は私たち使用人に対して、丁寧に接してくださってます。それに、ヒストリカ様が持っている様々な知識には、私たちも助かっておりまして。この前は首の根元を温めるという処置を教えてもらい、冷えやむくみがかなり改善されました」

「ああ、あれは、とても効くよね」

嬉《うれ》しそうに話すコリンヌを見て、使用人たちとの関係も良好そうだとエリクは判断する。

何はともあれ、ヒストリカのおかげで様々な事が良い方向に向かっているのは揺るぎない事実であった。

◇◇◇

「何か、感謝の品を贈りたいな」

仕事に一区切りついて、気分転換に廊下を歩くエリクがぽつりと呟《つぶや》く。

言葉の通りだった。

ここ最近、生活環境も体調も仕事の効率も目に見えて良くなってきている。

全て、ヒストリカのおかげだ。

感謝の言葉は毎日伝えているつもりではいるが、言葉だけでは返しきれないほどヒストリカには助けられている。

言葉だけじゃなく、日頃の感謝を込めた贈り物という形で何かを贈りたいとエリクは考えていた。

「しかし急に渡すのもな……ちょっと勇気がいるし……うーん……」

「誕生日プレゼントを、渡せばいいんではないですか？」

「そうか、誕生日プレゼント。その手があっ……」

不意に鼓膜を叩《たた》いた第三者の声に驚き、ばっと振り向く。

「ソフィか……」

「こんにちは、エリク様」

恭しく、ソフィはお辞儀をした。

ソフィとは先週の夜に言葉を交わして以降も、顔を合わせる度にちょくちょく会話している。

ヒストリカとは真逆の属性だが、ソフィは使用人として非常に優秀でかつ、誰とでもすぐに仲良くなれる特性の持ち主だろうと、エリクは認識している。

「しかし誕生日か。確かに、そのタイミングで渡すのはなんの問題もないね」

「そうでしょう、そうでしょう」

うんうんと、満足げに頷《うなず》くソフィが衝撃的な事を言う。

「ちなみにヒストリカ様のお誕生日は、三日後です」

「三日後!?」

あまりに喫緊過ぎてぎょっとしてしまった。

「ヒストリカは、そんな事一言も……」

「興味ないんでしょうね、誕生日に」

「それはまた、珍しいな……」

「誕生日に良い思い出が無かったら、そうなるんでしょうね」

「……と、言うと？」

エリクが尋ねると、ソフィはどこか寂しげに目を伏せて言った。

「ヒストリカ様、今まで誕生日を碌《ろく》に祝われた事がないので……」

その言葉を聞いて、思い出す。

——あの人たちは……そもそも私の料理なんて、興味ないですし。

いつだったか、ヒストリカはそう言った。

その言葉と、先ほどのソフィの発言を鑑みるに、ヒストリカは親との関係がよろしくないように思えた。

婚約を申し入れる前に入手した範囲では、ヒストリカと親の間に確執があるという情報はなかった。

だが上級貴族を目指している家となると、なるべくネガティブな情報を表に出さないようにするのは当然の事と言える。

……そもそも、親からたっぷりの愛情を受けて育ったなら、今のヒストリカのような人格にはならないのでは、という考えに行き着いた。

あの、周囲に対して常に緊張感を張り詰めている感じというか、根本的な部分では誰も信用してなさそうな雰囲気というか……。

また、ヒストリカの言葉が浮かぶ。

——子供の頃から、両親に書庫の本を全て読むように言われて読んでいたのですが……。

頭の回転が速いエリクは、今までの情報を纏《まと》めて一つの仮説を考えついた。

陞爵《しょうしゃく》か何かのために、子供の頃から厳しく勉学を叩き込まれ、親からの愛情らしい愛情を受けてこなかった、という仮説を……。

(似たもの同士、か……)

もしそうだとすると、自分にも通ずるところがあって胸の辺りがぴりりと痛んだ。

「私としても、ヒストリカ様の誕生日をちゃんと祝ってあげたいのです」

いつもの明るい調子は鳴りを潜め、真面目な表情でソフィが言う。

お付きとしてだけではなく、良き友人としても祝ってあげたい。

そんな空気を感じ取った。

エリクの答えが出るのに、時間はかからなかった。

「うん、やろうか、誕生日会」

どのみち何かお礼をしたいとは思っていたのだ。

エリクの言葉に、ソフィは表情を綻ばせて。

「ありがとうございます。本当に、ありがとうございます……」

深々と、心の底からの感謝を体現するように頭を下げた。

「しかし、誕生日か……」

まだ一緒に住み始めて二週間くらいしか経《た》っていないのもあり、ヒストリカの好みがわからない。

そもそも女性にプレゼントを贈った経験に乏しいエリクは、ヒストリカは何を贈れば喜ぶのか見当もつかなかった。

「何はともあれ、あと三日となるとオーダーメイドのドレスや特注の宝石は間に合わないか……盛大にパーティをするには、今から人を集めるのは難しいし……いや、そもそも人を集める事自体微妙か、うーん……」

「そんな大金をかけたものじゃなくても良いと思いますよ。ヒストリカ様も、ギラギラしたものは趣味じゃないので」

そう言うソフィに、エリクはちらりと目を向ける。

「もしかして、ヒストリカの好みや嗜好《しこう》を把握していたりする？」

「ヒストリカ様のお付きになって、もう三年は経つので」

得意げに言うソフィが救世主に見えてきた。

わからない事は人の手を頼る事を方針としているエリクは、ソフィに力強い言葉を投げかける。

「協力、してくれないか？」

「はい、なんなりと！」

満開の花が咲いたような笑みを浮かべて、ソフィは大きく頷いた。

◇◇◇

『今度、お屋敷で私のお誕生日会があるのだけれど、来てくれないかしら？』

『お誕生日会!?　いくいくー！』

『ぜひ参加させてくださいまし！』

ヒストリカが初めて『誕生日』という単語を認識したのは五歳の頃。

両親がとあるパーティに参加した際、子供の遊び場で一人絵本を読んでいる時に、同世代の令嬢たちが話をしていたのがきっかけだ。

『たんじょう、び……？』

聞き慣れない単語に、彼女たちの話に耳を傾ける。

どうやら誕生日には、自分が生まれた日を家族や友人たちと盛大に祝う、何やらキラキラして楽しい会が催されるらしい。

それまでのヒストリカにとって、誕生日というものは『自分が生まれた日を周囲が伝えてくれるだけの日』という認識だった。

友人もいないし、家族から特別な扱いを受けたこともない。

使用人と擦れ違った際に『誕生日おめでとうございます』と声を掛けられるくらいだ。

何がおめでたいのか、ヒストリカにはわからなかった。

とはいえ、物心がついたばかりのヒストリカは、誕生日会というキラキラしてて楽しい催しに興味が湧いた。

早速屋敷に帰った後、父ベネットに申し出てみた。

『お父様、私も誕生日会をしてみたいです』

『誕生日？　ああ、確かもうそんな時期か……』

ベネットは面倒臭そうに頭を掻《か》いた後、睨《にら》むような目線をヒストリカに向けて言う。

『それよりも、この前与えた課題は出来たのか？』

『いえ、まだ……』

『まだ終わってないだと!?』

ベネットの叱責に、ヒストリカはびくりと震える。

『やるべき事もやっていないのに、誕生日がどうこう言うんじゃない！』

声を荒らげられて、ヒストリカの中にあった誕生日会への期待はどこかへ霧散してしまった。

『申し訳ございません、お父様……』

深々と、ベネットに頭を下げるヒストリカ。

後に残ったのは、父を怒らせてしまった事に対する後悔、恐れ。

『いいか、ヒストリカ。誕生日会などというものは時間の無駄だ。それよりも、お前にはもっとやるべき事がある。常々言ってるから、わかるだろう？』

『はい……わかります。もっと勉強を、頑張ります……』

『それでいい』

満足げに、ベネットは頷いた。

以来、ヒストリカは両親の前で誕生日の話題を出す事を止《や》めた。

『誕生日の事を親に話すと怒られるんだ』『誕生日会というものは時間の無駄なんだ』という認識が、ヒストリカの中で生まれた。

それ以降も、両親はヒストリカの誕生日について触れる事はなかった。

使用人からの『誕生日おめでとうございます』だけが唯一、自分の誕生日を思い出すきっかけとなった。

使用人たちも社交辞令で言っているだけ、特に意味はない。

そういうものだと思っていながら、時が過ぎていった。

『ねえねえ！　今度、お屋敷で私のお誕生日会があるの！　来てくれないかしら!?』

『まあ！　アンナ様のお誕生日会!?　是非行きたいわ！』

『アンナ様もついに十五歳ね！　きっと素敵な誕生日会になるわ！』

貴族学校時代。

教室で、クラスメイトの女学生らがそんな会話に花を咲かせている。

（誕生日……）

帰り支度をしていたヒストリカの手が止まる。

しかしそれは一瞬の事で。

（私には、関係のない話ね）

鞄《かばん》を手に、ヒストリカは教室を出た。

ガヤガヤと騒がしい学校の廊下を、一人歩く。

ひと匙《さじ》のスプーンほどしかない誕生日への興味は、すぐに今日のテストの結果へと変わっていた。

父の言いつけの通り、今回のテストも学年一位。

これなら叩かれる事は多分ない。

しかし満点を逃してしまったので、長時間の罵声は免れないだろう。

（そういえば……）

ふと、思い出す。

自分の誕生日が、明日だった事に。

だからと言って何があるわけでもない。

誕生日会の予定もなければ、親が特別に祝ってくれるわけでもない。

学校のある、ただの平日である。

毎年の事なので、今更何か感慨があるわけではない。

別に誕生日会を開いて欲しいとも、祝って欲しいとも、もはや思わない。

それがヒストリカにとっての、当たり前だから。

（……でも、なぜでしょう）

ぴたりと立ち止まって、廊下から見える景色を瞳に映す。

どんよりとした曇天。

豪華な造りだが、どこか色褪《いろあ》せた校舎。

眺めていると、胸の中を、もの悲しくて冷たい風が吹き抜けていく感覚がした。

——しん。

急に、周りの音が消失した。

先ほどまで鼓膜を震わせていた放課後の喧騒《けんそう》はどこへやら、水を打ったような静寂が舞い降りる。

辺りを見回す。

誰もいない。

自分以外、誰一人としていない。

ヒストリカだけが、妙に広い廊下で一人、佇《たたず》んでいる。

歩く。

教室にも、昇降口にも、放課後は賑《にぎ》わっているはずの裏庭にも、誰もいない。

誰もいなかった。

ヒストリカは、一人だった。

急に全身を襲う悪寒。

胸を裂かれるような孤独感。

この世界から、自分という存在が誰からも認識されていないような、絶望。

遠い昔に蓋をして、感じないようにしていた感情が溢《あふ》れ出す。

溢れ出した感情は、ヒストリカに残酷な問いを投げかけた。

——私はずっと、一人？

深い闇から意識が浮上する。

全身に纏わりつく鉛のような倦怠感《けんたいかん》を引き剥がすように、ヒストリカは上半身を起こした。

「…………嫌な夢」

ベッドの上で、ぽつりと呟く。

身体が熱い、息が浅い。

背中からじっとりと嫌な汗が滲《にじ》み出ていた。

周りを見回すと、そこは見慣れたエリクの寝室。

カーテンの隙間から、明るい光が差し込んできている。
もう、朝のようだ。
ようやく、ヒストリカの気分は落ち着きを取り戻してきた。
(なんで今日に限って、あんな夢……)
考えたところで、思い出す。
「ああ、そっか……」
どこか他人事《ひとごと》のような声で、呟く。
「誕生日、今日だったわね」
実際、自分の誕生日に対する興味は皆無であった。
区切りの良い二十歳の誕生日だからと言って、何か特別な事があるわけではない。
エリクには誕生日のことを伝えていないし、何か催されるという話も聞いていない。
せいぜい、ソフィから「誕生日おめでとうございます」の一言があるくらいだろう。
「んん……おはよう、ヒストリカ……」
隣で毛布を被《かぶ》ったままのエリクが、ふあ……と大きな欠伸《あくび》をする。
むにゃむにゃと、悪夢で飛び起きたヒストリカと比べてとても幸せそうだ。
いつもどおりの朝である。
思考を切り替えて、ヒストリカは口を開いた。

「おはようございます、エリク様」

二十歳になった初めの日。

今日もいつもと変わらない日が始まる。

第五章　誕生日おめでとう

今日はいつもと変わらない日。

そのはずだったが、洞察力の高いヒストリカは、今日は何かいつもと違うという空気を敏感に感じ取っていた。

まず、今日はいつも使っている食堂が改装作業か何かで立ち入れないとの事。

なので、今日の食事は応接間で摂《と》る流れとなった。

ただこれは事前に連絡を受けていたし、潤沢な資金のある公爵家の屋敷とあらば定期的に部屋の内装を変える事は、なんらおかしい話でもない。

唯一不思議に思った点があるとすれば、エリクにそのような趣味があるのだろうか、という事くらいか。

これは特に気に留める事なく、いつもの朝の散歩を済ませてから朝食が始まった。

トーストに目玉焼き、サラダ、ウィンナー、オニオンスープと、初日と比べると少し量が増えた朝食をエリクと摂っている時に、ふと違和感を察知した。

エリクがどこか、そわそわしているように感じた。

一見、エリクはいつもと同じ調子に見える。

しかし記憶力が異常に高いヒストリカは、エリクの声が普段よりもほんの少し上擦っている事に気がついていた。

それに、どこか落ち着きがないというか。

何かやましい隠し事をしている子供みたいに、目をサッと逸《そ》らされたタイミングでヒストリカは口を開く。

「エリク様」

「……んっ？　なんだい、ヒストリカ？」

やっぱり、少し声が上擦っている。

それに視線が迷子みたいに彷徨《さまよ》っていた。

「今日はどこか、調子が悪かったりしますか？」

「調子……？」

眉を顰《ひそ》めた後、エリクは自分の身体《からだ》を見回して答える。

「いや？　おかげ様で、今日も清々《すがすが》しい気分だよ」

「……そうですか、なら、良いのですが」

いつもよりも声が0・5トーンくらい上がっている気がしますが何かあったのですか、などと尋ねるわけにはいかず、ヒストリカはそれきり朝食に集中した。

多分気のせいだろうとこの時は思っていたのだが、昼食の時もエリクのそわそわ感は収まっていなくて、むしろ時間が経《た》つごとに大きくなっていた。
人がこのような挙動をとる際、その人はどのような内心なのか。
ヒストリカは、これまでの経験と本の知識で心当たりがあった。
(何か、隠し事をしている……？)
その仮説を頭に思い浮かべた途端、すとんと腑《ふ》に落ちるものがあった。
もはや、そうとしか思えなかった。
すると次は、当たり前にこんな疑問が湧いてくる。
(エリク様が隠し事……？　何を……？)
貴族学校首席の頭脳を回転させてみるも、思い当たる事柄は見当たらない。
尋ねようにもまだ、確証が薄過ぎた。
朝から何やら挙動不審ですが、何か隠しているのですか？
と聞くのは流石《さすが》に失礼だろうと、頭に浮かんだ言葉を飲み込む。
結局悶々《もんもん》とした心持ちのまま、ヒストリカは午後の時間を過ごした。

◇◇◇

「ヒストリカ、夕食の時間だよ」

夜、部屋を訪ねてきたエリクを前に、読書中だったヒストリカは目を丸くした。

いつもはヒストリカの方から、使用人伝《づて》にエリクに夕食を伝えたり、たまに自分が迎えに行ったりしている。

しかし、今日はエリクの方から夕食のお誘いときた。

怪しさの根拠としては花丸である。

「……今日は、早いおあがりなのですね」

探る意図を込めて言葉を投げかける。

すると、エリクは1トーンほど上擦った声で答えた。

「う、うん。今日はなんだか、朝から凄《すご》く調子が良くてね……昨日教えてもらった新しいストレッチが効いてるのかもっ……」

あはは、ははは……と笑って頭を掻《か》くエリクの挙動は相変わらず不審に見えて仕方がない。

本人はその自覚はないのかもしれないが、ヒストリカにバレバレだった。

（怪しい……）

朝から積もりに積もった疑念がむくむくと膨れ上がる。

しかし一旦ヒストリカは深呼吸をし、言った。

「それは、何よりです……夕食に参りましょうか」

ぱたんと本を閉じてから、ヒストリカは立ち上がる。

今は問答をするような空気ではないと、喉まで上ってきた言葉を飲み込んでいた。

ヒストリカの返答に、エリクはどこかほっとしたような表情を見せた。

(やっぱり、怪しい……)

疑念はさらに、膨らんだ。

廊下に出て、エリクの半歩後ろをついて歩く。

「あれ、応接間はこっちでは？」

「あっ、えっと……さっきちょうど改装作業は終わったらしくて、夕食から使えるらしいんだ」

「なるほど、そうでしたか」

このやりとりにも引っ掛かりを覚えたが、違う事で頭がいっぱいだったので流した。

食堂へ続く廊下を、エリクと一日ぶりに歩きながらヒストリカは考える。

(夕食の時に、聞いてみますか……)

ヒストリカはそう決めた。

いい加減、我慢が出来なくなっていた。

そもそも、聞き方はいくらでもあった。

なのに今まで尋ねなかったのはきっと、怖かったからだ。

エリクが隠している事が、ヒストリカが聞きたくない内容なのでは……という予感が脳裏にちらついて切り出せなかった。

例えば……ヒストリカに対して溜《た》まりに溜まった鬱憤を明かそうとしていた、とか。

今まで良かれと思ってしてきた事が、実はずっとエリクが我慢していただけで、とうとう爆発してしまった、なんて可能性も否定出来ない。

結婚をしていると言っても、その関係性は絶対ではない。

位の高いエリクの方が離縁を申し出たら、ヒストリカは素直に従うしかないのだ。エリクに限ってそんな事はしない……と頭ではわかっていても、嫁ぐ前のハリーとの一件も含め、自分のやること為《な》すこと肯定された経験に乏しいヒストリカの心に、寒気を催すような怯懦《きょうだ》が生じる。

考えれば考えるほど、嫌な方嫌な方へ思考が走っていった。

夕食の時に聞こうと決めていた自制心が、ボロボロと崩れ去って……。

「エリク様」

食堂の扉の前。

ぴたりと、ヒストリカが立ち止まる。

遅れて足を止めたエリクに、ヒストリカは神妙な面持ちで尋ねた。

「何を、隠しているのですか?」

じっ……と、ヒストリカはエリクに双眸《そうぼう》を向ける。

誤魔化しは許さないとばかりの眼力に、エリクが息を呑《の》む気配。

「……隠してる、って? なんのことだい?」

上擦りに加えて震えも追加された声に、ヒストリカは息をつく。

「今朝から、エリク様はどこかよそよそしく感じます。目が合ってもすぐ逸らしますし、失礼な言い方で申し訳ございませんが、挙動不審と言いますか……」

その言葉に、エリクは「うっ……」と言葉を詰まらせた。

ヒストリカの指摘が正しい事を何よりも表している反応だった。

エリクはしばらく考え込むような素振りを見せていたが、やがて観念したような笑みを浮かべて。

「……流石《さすが》の観察眼だね、ヒストリカは」

やれやれと、肩を落としてエリクは言う。

「いえ……観察眼も何も、エリク様がわかりやすすぎると言いますか」

「本当かい？　なるべくいつも通りを心がけてたんだけどなあ……」

「あれで、ですか？」

思わず目を丸くしてしまうヒストリカ。

エリクの仕事に『役者』という選択肢がなかった事を心の底から良かったと思った。

思考を切り替え、真面目な表情でヒストリカは言う。

「とにかく、何を隠してらっしゃったのか……差し支えなければ、教えていただけませんか？」

「えっと……それは……」

歯切れの悪いエリクの反応から察するに、やはりヒストリカにとって悪い事柄を隠していたのだろう。

そう判断して、ヒストリカは深々と頭を下げた。

「私に至らないところがあったのなら全力で直しますから、遠慮せず言ってください。また、たとえエリク様が私にとってどれほど不都合な判断をしたとしても、私には謹んでお受けする覚悟がございま……」

「あああいや！　至らないところがあるとか、何か言いづらい事があるとか、そういうのは全然なくて」

萎《しお》れた様子のヒストリカを見て、エリクはあせあせと焦った調子で声を張る。

そうしてやっと、ヒストリカは顔を上げた。

相変わらずの無表情だが、瞳は微《かす》かに不安で揺れている。

そんなヒストリカに、エリクは優しい声で言った。

「なんか、不安にさせちゃったみたいで、ごめんね。でも、先に言っちゃったらサプライズの意味がなくなっちゃうからさ」

「さぷらいず？」

聞きなれない言葉に、ヒストリカは首を傾《かし》げる。

「うん、今日はヒストリカにとって、忘れられない日にして欲しかったから……」

そう言って、エリクは食堂の扉を開けて——。

「「「「「誕生日おめでとうございます!!　ヒストリカ様!!」」」」」


たくさんの声が鼓膜を揺らす。

間髪容《い》れず、パンパパパンッ!!　と空気が弾《はじ》けたような破裂音がして、ヒストリカはぽかんと呆《ほう》けてしまった。

ヒストリカを待ち構えていたかのように並ぶ使用人たちの手には、先ほど盛大に鳴らしたと思われるクラッカー。

皆一様に明るい笑みを浮かべて、ヒストリカの登場を拍手で迎えてくれている。

ハミルトンやコリンヌはもちろん、新人の使用人や調理担当のシェフ。

ぱっと見、屋敷中の使用人が集まっているのではないかと思うほどの人数であった。

「これ、は……」

突然の事に頭が追いついていないヒストリカが、食堂を見回す。

いつも食事の時に見ていた、ありふれた光景はそこには無かった。

キラキラとしていて、楽しそうな空間が広がっていた。

天井には色とりどりのバルーン。

壁には花や星を模した飾りが一杯でこれでもかと彩られている。

広いテーブルにはたくさんの豪華な料理、真ん中には巨大なケーキがどどーんと聳《そび》え立っていた。

ここまでわかりやすいデコレーションをされていて、この空間が何を意図して作られたのかわからない者はいない。

「どう、して……？　だって、誕生日のことは、誰にも……」

「私が教えたんですよ～！」

ひょこっと出てきたソフィが、にこにこと笑顔で言う。

「勝手な事をしてごめんなさい。でも、私……どうしても、ヒストリカ様の誕生日をお祝いしたくて……」

その言葉に、合点がいった。

「そう、なのね。気を遣ってくれてありがとう、ソフィ……」

「お礼はエリク様にどうぞ！　言い出しっぺは私ですけど、この会をやろうって決めたのも、企画とか諸々《もろもろ》は全てエリク様の考案ですので」

「エリク様が？」

振り向くと、エリクは頬を掻きながら言った。

「ソフィの言う通り、考えたのは僕ではあるね。ただ、ヒストリカの誕生日を知ったのが三日前だったから、人を呼ぶ時間も無かったし、そこまで盛大なものじゃないけど……なんにせよ、準備が間に合って良かったよ」

その言葉で、今日一日エリクが妙にそわそわしていたのも、食堂が閉鎖されていた理由にも合点がいった。

全てはこのサプライズの布石だったのだ。

しかし新たな疑問が頭に浮かぶ。

「でも、どうしてですか……？」

「どうしてって？」

「私の誕生日なんて……別に祝うようなものでも無いですのに」

「普通は、祝うものなんだよ」

真面目な声で、エリクは言う。

「今まで、誕生日を祝ってもらった事が無いってソフィから聞いて、びっくりした。それで、ちゃんと祝ってあげたいって思って、開いたんだ」

頭が、真っ白になった。エルランド家において、自分の誕生日会などというものは時間の無駄で、やる意味のないものだった。

口に出したら怒られてしまう、誰も笑顔にならないものだと思っていた。

そんな、今まで自分の中に深く刻まれていた『普通』が、エリクの言葉によって崩れていく。

次の語を告げられないヒストリカに、エリクが口を開く。

「本当は日頃の感謝も兼ねた会なんだけどね。本当に、いつもありがとう、それから……」

穏やかな笑みを浮かべて、エリクは今この場に一番ふさわしい言葉を紡いだ。

「誕生日おめでとう、ヒストリカ」

瞬間、ヒストリカの胸に熱が灯《とも》った。

自分が生まれた日を、心から祝福してくれる。

その事実は、ヒストリカの心を大きく震わせた。

——今度、お屋敷で私のお誕生日会があるのだけれど、来てくれないかしら？

——お誕生日会!?　いくいくー！

——ぜひ参加させてくださいまし！

他の令嬢たちが口にしていたやりとりを耳にしつつも、誕生日会なんて、自分には関係のない催しだとずっと思い込んでいた。

でも、憧れがなかったといえば、嘘《うそ》になる。

（いいえ、違う……）

嘘になるどころか、たぶん、とても憧れていた。

だからこそ、幼きヒストリカは父ベネットに申し出たのだ。

——お父様、私も誕生日会をしてみたいです。

って——。

長い時間が過ぎて。

今自分は、誕生日会という場所に立っている。

きらきらしていて、楽しくて、みんな笑顔のこの場所に、立っている。

自分一人じゃない。

エリクや、ソフィを始めとしたいつもお世話になっている人たちも一緒だ。

その現実をゆっくりと噛《か》み締めると、胸の底から何かが溢《あふ》れてきた。

この屋敷に来てから、エリクに対して何度も抱いていた感情。

ずっと蓋が閉まっていて、言葉にする事が出来なかったそれは——。

（ああ、そっか……）

思い出した。

（長い間、忘れていた……この感情は……）


——嬉《うれ》しい、だ——


「ヒストリカ……？」

ずっと押し黙っているヒストリカに、エリクが焦りを滲《にじ》ませたような声を掛ける。

サプライズが気に入らなかったのだろうか、そんな不安げな表情をするエリクに。

「ありがとうございます」

自然と溢れ出た言葉を口にして。

「とても、嬉しいです」

今まで、誰も見たことのなかった表情を、ヒストリカは浮かべた。

「……ヒストリ、カ？」

あり得ないものを前にしたような声。

氷の令嬢。

笑みなき鉄仮面。

社交界では散々な言われようで、誰もその笑顔を見た事がないと専らの評判だったヒストリカが今、柔らかく微笑《ほほえ》んでいる。

そのあまりも可憐《かれん》で、愛らしい、絵にして飾りたくなるような笑顔に、エリクは言葉も忘れて見《み》惚《と》れてしまった。

「ヒストリカ様……笑って……」

「可愛《かわい》い……」

使用人たちからも戸惑いの声が上がる。

そこでヒストリカは、ハッとした表情になって尋ねる。

「今、私……笑ってました？」

こくこくと、エリクが頷《うなず》くと。

「そう、ですか……」

ふんわりと、口角を持ち上げて。

「案外、悪くないものですね」

お日様に照らされた雪が溶けたような微笑みを、再び浮かべるのであった。

◇◇◇

その後、ヒストリカとエリクは、いつもより豪華な誕生日ディナーを堪能した。

シェフが腕によりをかけて作った夕食は、今までの食事の中でヒストリカが好物だと言ったものばかりのラインナップだった。

いつもの無表情に戻ったヒストリカだったが、食事の感想として「どれも美味《おい》しかった」と評していたあたり、満足していたようだった。

そして、あとはケーキが運ばれてくるのを待つばかりという時。

「今のうちに、渡した方がいいんじゃないんですか？」

ソフィがこそっと、エリクに言った。

「ちょっ……ソフィ！」

ぎょっとした様子のエリクが、慌てた様子で声を上げる。

「それは、もっとこう……タイミングというものがあるだろう？」

「タイミングって……放っておいたらエリク様、そのまま切り出せず終わる未来が見えるのですが」

「うっ……それは否定出来ない、かもしれない……」

「なんのお話ですか？」

首を傾げるヒストリカに、エリクはぐしゃぐしゃっと頭を掻く。

「本当は、もう少し後に渡そうと思ってたんだけど……」

エリクが合図をすると、使用人が大きめの紙袋を持ってやってきた。

その中からエリクは、掌《てのひら》サイズの箱を取り出す。

綺麗《きれい》にラッピングされたそれを、エリクは緊張した面持ちでヒストリカに差し出した。

「これは……？」

「いつも、お世話になっているお礼の品、かな」

ヒストリカが目を丸くする。

「そんな、いいですのに。むしろ、お気を遣わしてしまい……申し訳ございません」

「謝るような事じゃないよ。これだけ良くしてもらってて、むしろ何も贈らないのは僕の気が済まない」

「……エリク様が、そう仰《おっしゃ》るのでしたら……」

迷った様子のヒストリカだったが、エリクの泰然とした態度におずおずとプレゼントを受け取った。

「開けてみても？」

「もちろん」

ラッピングを丁寧に外して、ヒストリカは中のものを手に取る。

ピンクゴールドの宝石がついた、イヤリング。

ヒストリカの透き通るような白い肌や、美しい銀髪の繊細な魅力を打ち消してしまわないよう、小ぶりなデザインかつ色味も控えめなイヤリングだった。

「綺麗、ですね……」

主張し過ぎないデザインを気に入ったのか、ヒストリカが前向きな感想を口にする。

「ギラギラしたものは好みじゃないって聞いたから、選んでみた。そんな、大したものじゃなくて申し訳ないけど……」

「いいえ」

微かに緊張を纏《まと》った表情のエリクに。

「ありがとうございます」

ほんのりと、ヒストリカは口を緩めて頭を下げた。

「大切に、使わせていただきます」

お気に召した様子のヒストリカに、ほっと安堵《あんど》の息をついてからエリクが言う。

「それと、もう一つあるんだ」

「もう一つ?」

がさがさと紙袋を漁《あさ》って、エリクは『もう一つ』をヒストリカに差し出した。

今度は、両手で抱えるくらいのサイズで、ラッピングはされていないそのままだった。

「……ねこ?」

受け取ってから、ヒストリカは呟《つぶや》く。

可愛らしくデフォルメされた、白くてふわふわしているぬいぐるみ。

このシルエットには、見覚えがあった。

「こっちは誕生日プレゼント、かな。子供っぽいかなって思って迷ったんだけど……前に散歩の時、猫と楽しそうに戯れていたから……好きなのかな、って思って」

そうだ。

『くも』だ。エリクと初めて散歩に行った時に遭遇した、ヒストリカが『くも』と名付けた迷い猫そっくりだった。

思考がそこに行き着いた途端、ヒストリカの感情が大きく揺れた。

イヤリングにしろ、この猫のぬいぐるみにしろ、どっちもそうだ。

エリクが、自分の事をちゃんと見てくれた。

自分が何を好きなのかを、ちゃんと考えてくれた。

その上で、プレゼントを選んでくれた。

しかも、二つも。

そう思うと、胸がきゅうっと音を立てた。

心臓がどきどきと変な鼓動を刻み始める。

顔もみるみるうちに温度を上昇させた。

「ヒストリカ？」

ヒストリカに到来した異変に気づいて、エリクが声を掛ける。

「どうしたんだい、なんだか顔が赤いような……」

「な、なんでもありませんっ」

ほんのり声を荒らげてから、ヒストリカはふいっと顔を逸らした。

胸にぎゅうっと抱きしめたぬいぐるみに、顔をぽふんと伏せる。

そんなヒストリカの一連の挙動を見て、ソフィが「おやおや、これは……」と、何やら意味深げな笑みを浮かべている。

二人のやりとりを見守る使用人たちも、どこか微笑ましげな表情をしていた。

「なんでもない、ようには見えないのだけど」

「なんでもないものは、なんでもないんですっ……」

また声を荒らげてヒストリカが言う。

いつものヒストリカらしくない、理屈ゼロの返答であった。

少し落ち着いてから。

「……その、とても可愛くて、嬉しいです……ありがとう、ございました」

こそっとぬいぐるみから顔を覗《のぞ》かせて、呟くようにヒストリカが言う。

あどけなくて愛らしいその仕草に、エリクの心臓が大きく跳ねてしまって。

「う、うん……喜んでもらえたのなら、何よりだよ……」

エリクの方も、その言葉を最後に頭を掻いて押し黙ってしまう。

（……なんなの、一体……）

そう思いながら、ヒストリカはぬいぐるみを一層強く抱きしめる。

誕生日会が始まったあたりから、自分の情緒が安定していない。

こんなの、エスパニア帝国の医学書にも記載されていない症状だ。

貴族学校首席の頭脳を以《もっ》てしてもわからない事態が、ヒストリカに起こっていた。

（しっかりしなさい……こんなの、私らしくない……）

そう思って何度も深呼吸をするも、元の調子に戻らない。

普段は自分の心に固く蓋を閉めている分、一度溢れ出してしまった感情の制御が出来ず、ヒストリカは大いに戸惑うのであった。

そんなこんなしているうちに、ケーキが運ばれてきて自然と食べる流れになる。ヒストリカの好みを知っているであろう、ソフィ考案の甘さ控えめなクリームケーキのはずなのに。

なぜだか今まで食べてきたケーキの中で、一番甘く感じてしまうのであった。

こうして、ヒストリカの二十歳の誕生日は幕を閉じた。

紆余《うよ》曲折《きょくせつ》あったものの、なんにせよ今日この日がヒストリカにとって一生忘れられない日になった事は、疑いようのない事実であった。

◇◇◇

ヒストリカの朝は早い。

が、この日は少し遅めの起床だった。

「……ん」

小鳥の唄声で目を開ける。

部屋の中はすっかり明るくなっていて、朝の到来を嫌でも知らせてくれていた。

ふと、両手で何かを抱き抱えている感覚。

見てみると、ひと抱えくらいある白い猫のぬいぐるみ、『くも』を抱きしめている事に気づいた。

ゆっくりと上半身を起こして、くもを見る。

窓から差し込む朝陽《あさひ》に照らされたくもは、相変わらず可愛らしい顔立ちをしている。

くりくりっと丸い目、今にもぴくぴくと動き出しそうな小さな耳、触り心地はもふもふと良い手触りで、ずっと撫《な》でくりまわしていたくなる不思議な魅力を秘めていた。

思わず、ヒストリカの口元が緩む。

愛らしいシルエットにもそうだが、何よりこれを誕生日プレゼントとしてエリクが贈ってくれた事に、ヒストリカは胸がぽかぽかするような嬉しさを感じていた。

ぎゅー……と、くもを胸に抱き締めてみる。

思わず目が細くなって、ほっとするような安心がやってきた。

抱擁には心をリラックスさせる効果があると資料で読んだが、どうやら対象は人間に限らないらしい。

しばらく、くもを我が子のように抱き締めて、撫でたりしていると。

「気に入ってくれたようで、何よりだよ」

優しげな声が鼓膜を震わし、はっとする。

いつの間にか目を覚ましていたエリクが、とろんとした表情でこちらを見ている。

「おはよう、ヒストリカ」

「……おはようございます、エリク様。ちなみに、今起きられましたか？」

「起きたのは、ヒストリカが目を覚ます少し前かな」

つまり、今までの一連の自分の振る舞いを全部見られていた。

その事実に、ヒストリカの思考がこちんっと固まった。

次いで湧き起こる羞恥。

表情には出ないが、ほんのりと頬が熱い気がする。

ちょっぴり八つ当たりしたい気持ちが湧き出て、ヒストリカは抗議の声を口にする。

「起こしてくれたら、良かったですのに……」

「ごめん、ごめん。いつも僕より先に目覚めるヒストリカが起きていないなんて、相当疲れが溜まってるんだなって思ったから。昨日は色々あったし、起きるまでそっとしておこうって思って」

そう、確かに色々あった。

いつにも増してエリクが挙動不審だったから、何か悪い隠し事でもされているのかと一日中ヤキモキした。

かと思えば、実はサプライズで誕生日を盛大に祝ってくれて、二つもプレゼントを贈ってくれた。

嬉しかった。

自分の誕生日を心から祝福してくれた事も。日頃の感謝の気持ちも含め、自分の事をたくさん考えた上で選んだプレゼントを渡してくれた事も。

とても、嬉しかった。

結果、ずっと『無』のまま固まっていた表情が、笑顔という久しく忘れていた姿を現した。

一方で、いつもは氷の蓋で覆って出ないようにしていた感情が漏れてしまって、制御出来なくて大変だった。

普段使わない頭をたくさん使ったようで、エリクの言う通り疲れが溜まっていたのだろう。

ずっと動かなかった表情筋を使ったから、心なしか口角のあたりも張っているような気がする。

（ですが……）

色々差し引いても、昨日はとても嬉しかったし、楽しかった。

きっと、一生忘れないだろう。

それだけは、揺るぎない事実であった。

自然と、口元に笑みが浮かぶ。

そんなヒストリカを、エリクはどこか呆けたように眺めていた。

「……何か、私の顔についていますか？」

「いや、やっぱりヒストリカは……笑顔が似合っているなって」

「……っ」

感情が、揺れる。

きゅうって、音がする。

昨日も感じたから、わかる。

この感覚は、『嬉しい』だ。

（どうして、こんな些細《ささい》な言葉で……）

考えるも、答えを出すために必要な頭の余裕は感情の乱れで無くなってしまっている。

悟られないように、深く息を吸って落ち着かせる。

先ほどから些々《ささ》たる事で心を乱されているのがなんだか納得がいかなくて、仕返しとばかりにエリクの顔をじっと見つめる。

（……随分と、変わりましたね）

当初ヒストリカが想像していた通り、エリクはなかなかの変貌を遂げていた。

顔色はぐっと良くなって、青白く不健康だった肌は血色と艶を取り戻している。

痩《こ》けていた頬も肉が付いてきていて、もともと整っていた目鼻立ちがよりくっきり見えるようになった。

まだ不健康さは残っているが、もっと栄養をたっぷり摂ってもらって、目元のクマが無くなるまでしっかりと身体から毒素を抜き切れば、かなりの美丈夫になるだろう。

その確信があった。

（どうして、また顔が熱くなるの……）

仕返しのつもりだったのに逆に心を乱されている事に気づいて、ヒストリカはバッと背を向けて毛布を被《かぶ》った。

「ヒストリカ？」

不貞腐《ふてくさ》れた子供のような仕草に、エリクが不思議そうな顔で尋ねる。

「なんでも、ありませんっ……」

ほのかに声を荒らげて、そう答えるのがやっとだった。

昨日に引き続き感情のコントロールがまだうまくいっていなくて、今自分が何をどう感じているのかわからなくなって。

でも、確かな思いが二つ存在している事に気づいた。

一つは、昨日エリクが自分のために誕生日会を開き、プレゼントをくれた。

その事に嬉しさと感謝の気持ちを抱いている事。

「……昨日は、ありがとうございました。とても嬉しかったですし……楽しかったです」

思った事をそのまま言葉にする。

「どういたしまして。楽しいと思ってくれたのなら、何よりだよ」

その優しい声に、鼓膜と胸の辺りが震える。

そう、もう一つは……エリクという男に、特別な感情を抱いている事だ。

最初はお互いの利害が一致した故の愛の乏しい結婚だと思っていた。

しかし、エリクと一緒に過ごして、彼の誠実さを、真面目さを、優しさを、思い遣《おもや》りを知って。

エリクと共有する時間がとても穏やかで、居心地の良いものだと自覚した。

共に過ごす時間が増えるごとに、自分が少しずつエリクに惹《ひ》かれていっているのだ。

（でも、まだ……）

ハリーとの一件もあって、完全に信頼しきっているわけではない。

エリクの見えていない一面も沢山あるだろう。

だけど。

「えっと……ヒストリカ？」

振り向き、毛布から顔を出して、じっとエリクを見つめる。

（信じてみたい……エリク様を……）

心からそう思っている事もまた、確かであった。

「さっきからどうしたの？　なんか様子が変というか……」

「いえ……」

口角に力を入れる。

「なんでもございませんよ」

自分の意思で、ふんわりと笑みを浮かべてみせた。

柔らかくて慈愛に満ちた笑顔に、エリクがはっと息を呑む。

ようやくエリクの感情も乱せた事に、ヒストリカは少しだけ得意な気持ちになった。

「さて、と……」

ただでさえ少し寝坊をしてしまったのだ。

いい加減、活動を開始しなければならない。

ぐーっと、両腕を天井に向けて伸ばす。

全身に血が巡っていく感覚。

いつもより身体も心も清々しい気持ちを感じつつ、ヒストリカはベッドを降りて言った。

「今日もよろしくお願いしますね、エリク様」

まずはいつもの白湯《さゆ》からだと、ヒストリカは今日これからする事を頭の中に思い描くのであった。

エピローグ

ヒストリカがエリクの屋敷で、楽しい誕生日会をしている時。

ガロスター伯爵家の屋敷の一室、ソファーの上。

「なに？　ヒストリカが、あのエリク公と結婚？」

長めの金髪に濃いエメラルドの瞳。

ヒストリカの元婚約者にしてガロスター伯爵家の令息ハリーは、眉を顰《ひそ》めて言った。

「ええ。昨日参加したお茶会で聞いたの。エルランド子爵家と繋《つな》がりがある友人が言ってたから、間違いなさそうよ」

ハリーに寄りかかるようにして座る女性……晴れてハリーの婚約者となったアンナが言う。

ふわっとした桃色のカールヘアに、お人形さんのようにあどけない顔立ち。

生まれてからそして今に至るまで、『可愛《かわい》い』の言葉を恣《ほしいまま》にしてきたであろう容貌をしている。

「あの醜悪《しゅうあく》公爵とか。貰《もら》い手《て》のない傷物にはお似合いの相手だな」

はんっと、ハリーは鼻を鳴らして言い放つ。

いい気味だと言わんばかりに、ハリーはくくと笑った。ハリーはまだ会った事はないが、テルセロナ家の当主エリクと聞いて浮かぶ印象は悪いものしかない。

その醜悪な容貌のせいで令嬢が怯《おび》えてしまい、今まで何度も婚約が破談になった。

自身の容貌をなるべく人に見せたくないと極力社交界には顔を出さないようにしており、愛想も無く貴族間の付き合いも悪い。

本人の性格は根暗で卑屈、些細《ささい》な事で怒りを露《あら》わにし周りに当たり散らす暴君……などなど。

通常、噂《うわさ》には尾鰭《おひれ》背鰭《せびれ》が付き物で、大体は誇張されているだろうと考えるものだが、ハリーはエリクに付き纏《まと》う噂をそのまま事実として受け取った。

その理屈としては、自分が衆前でこっぴどく振った相手が、貴族の地位で言うと自分より格上の公爵と婚姻を結んだ事実は、ハリーの高いプライドを傷つけるからだ。

故に、たとえ公爵だとしてもとんだ事故物件と結婚をさせられたものだと、エリクの地位以外の部分を下げる事で自分を納得させていた。

「やっぱり、君を選んで正解だったよ。醜悪公爵と結婚させられるような令嬢なんて、俺にはふさわしくないからね」

「ふふっ、違いありませんわね」

甘い声で囁《ささや》くように言ってから、ハリーはアンナの頰に軽く接吻《せっぷん》をする。

ほうっと頰を朱に染めて、アンナはくすぐったそうに目を閉じる。

それから甘えるように身を寄せてくるアンナを、ハリーは愛《いと》おしそうに撫《な》でた。

（いいザマだな、ヒストリカ……）

もうさほど興味のない元婚約者のことを考える。

アンナと違って、可愛げも愛嬌《あいきょう》も面白みもない女だった。

それどころか、女の分際で常に自分よりも優秀で、淡々とした口ぶりで正論をかましてくる。

忌々しかった。今思い出しても腹が立ってくる。

あんな女と結婚出来るはずがない。

それよりも、あのムカつく女に一泡吹かせてやりたい。

沸々とした怒りはやがて業火の炎になっていく。

そして、貴族学校時代のお気に入りの一人だったアンナと密《ひそ》かに密会をし、心を通わせ、多くの人々の間で恥をかかせてやった。

面白くない事に、婚約破棄に対してヒストリカがダメージを受けた様子は無かったが、結果としてあの醜悪公爵の下に嫁がされた事で、溜飲《りゅういん》も下がったところだった。

（近々、顔を見に行ってやるのも悪くはないな）

ふと、そんなことを思った。

にやりと、口角が歪《ゆが》む。あの、誰もを見下し強気の姿勢でいたヒストリカが憔悴《しょうすい》し、疲弊し切った姿を見るのはとても愉快だろう。

しかし、ハリーの考えはそこまででは止まらない。

（あわよくば、一夜くらい共に……）

アンナがそばにいるにもかかわらず、ハリーの頭に唾棄すべき考えが浮かんだ。

ヒストリカとは、婚約関係を結んでいる時は身体《からだ》を交えるどころか、接吻さえもしたくないと思っていた。

事実、彼女と行ったスキンシップといえば手を繋ぐ事くらい。

自分の性欲は密かに別の令嬢で満たしていた。それなりに顔立ちが良く、学生時代に鍛えた立ち回りの狡猾《こうかつ》さだけは一流のハリーにはお手のものだった。もちろんヒストリカはその動きに気づいていたが、当のハリーはどうせバレていないだろうと今でも考えている。

とにかくハリーは、今更ながらにヒストリカを顔と身体だけは魅力的な女だと思い始めていて、一度ご相伴に与《あずか》りたい欲がむくむくと頭をもたげてきた。

一度関係を切ったゆえに、生じる魅力というものである。

認めるのも癪《しゃく》だが、ヒストリカはかなりの美貌の持ち主だ。

そして健康にも気を遣っていたのか、身体つきもなかなかのもの。

愛と性欲の発散は別だと思っているハリーに、ヒストリカと夜を共にする事に抵抗感はない。

そもそも公爵家の妻に手を出す事自体極刑ものだが、悪いようにはならないだろうという自信がハリーにはあった。

どうせぞんざいに扱われ、女として見られてもいないだろう。

いくらヒストリカでも憔悴しているに違いない。

そのような失意の中現れた、自分の良き理解者である元婚約者。

二言三言優しい言葉をかけてやって、慰めと称して夜伽《よとぎ》を導いてあげれば、流石《さすが》のヒストリカと て流されてくるに違いない。

冷静に考えて都合の良すぎる妄想でしかないのだが、これまで女性関係においては様々な場数を こなしてきたハリーには、事はうまく運ぶであろうという根拠のない自信があった。

愚かで、賤《いや》しいとしか言いようがない自信である。

(手始めに今度、茶の約束でも取り付けるとしよう)

くく……と、アンナに聞こえないよう小さく笑うハリー。

ヒストリカとエリクが現在、どのような関係を築いているのか露とも知らないハリーは、楽観的 にそんな事を考えるのであった。

——のちにその思考が、自身を破滅へと突き落としていくとも知らずに。

あとがき

初めましての方は初めまして、他の作品でお会いした方はお久しぶりです、青季ふゆです。

ヒストリカ1巻をお手に取って頂きありがとうございます。今作は超絶天才だけど可愛《かわい》げのない令嬢が、真面目で優しいけど仕事人間過ぎて不健康な公爵様に嫁いで、じれあまな恋をしていくというお話です。今回は初めて自分の力で未来を切り開く強い主人公を書いてみました。

私個人としては、主体性でガンガン行動をしていく一方で、人間として弱い一面も持つヒストリカというキャラクターは書いていて楽しかったのですが、いかがだったでしょうか？　完璧に見えてどこか抜けているヒストリカに、少しでもほっこりして頂けたならこの上ない喜びでございます。

短いですがこの辺りで謝辞を。担当Kさん、本作でもご担当頂きありがとうございました。同レーベルで刊行中の『醜穢令嬢』同様、この上ない形で刊行できたと実感しております。

イラストレーターのあいるむ先生、此度《こたび》はご担当頂きありがとうございました。美しくも強いヒストリカと、草食系ながらも美丈夫であるエリクを、イメージ以上の解像度を以《もっ》て描いてくださりました。温かく見守ってくださっている両親、ウェブ版で応援をくださった読者の皆様、本書の出版にあたって関わってくださった全ての皆様に感謝を。

本当にありがとうございました。それではまた、2巻で皆様とお会いできる事を祈って。

青季ふゆ